C O N T E N T S

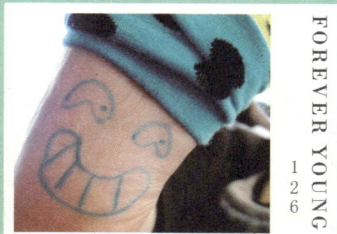

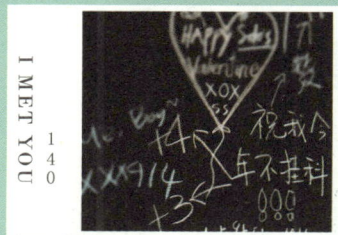

Editor's Letter
卷首语

我小时候，天津卫还是那个天津卫，十八街麻花，狗不理包子，炸耳朵糕，泥人张……

各色商贩走街串巷，吆喝声隔几条巷子就能听到。每逢过年过节，还能听段相声。台上一把扇子、一块醒子、一条手绢，演员身穿马褂长袍，台下几十位观众嗑着瓜子、品着大盖碗茶。台上"话说"一起，便可以口若悬河，从三国一路讲到民国；台下一个"好"字喊出口，就会掌声不断，好声不绝。在那时候，我们不知道什么叫"青春"。但无知却也无畏，我们叫不上纯真，但也可以叫无邪。

一转眼，老天津卫也是坐地起高楼，满眼是新房，但也始终保留了那些总是被外面人叫苦不迭的"斜街"——如果非要说"青春"的话，我想说的，那些"斜街"就是我的"青春"，那些老胡同就是我的青春，那些老四合院就是我的青春。

I NEED YOU

那些坎坷与不安，那些梦想与青春似乎都静静地，缓缓地沉淀于时光之中了。

——木浮生

我爱 故我在

文 / 周国平
摄 / Dfox　周捷

幸福是难的。也许，潜藏
在真正的爱情背后的是深
沉的忧伤，潜藏在现代式
的寻欢作乐背后的是空虚。
两相比较，前者无限高于
后者。

爱是你的宿命

你的禁忌 你的不治之症

一旦发作了

吗啡又有何用

一切终将黯淡，唯有被爱的目光镀过金的日子在岁月的深谷里永远闪着光芒。

心与心之间的距离是最近的，也是最远的。到世上来一趟，为不多的几颗心灵所吸引，所陶醉，来不及满足，也来不及厌倦，又匆匆离去，把一点迷惘留在世上。

爱的价值在于它自身，而不在于它的结果。结果可能不幸，可能幸福，但永远不会最不幸和最幸福。在爱的过程中间，才会有"最"的体验和想象。

"生命的意义在于爱。""不，生命的意义问题是无解的，爱的好处就是使人对这个问题不求甚解。"

大自然提供的只是素材，唯有爱才能把这素材创造成完美的作品。

正是通过亲情、性爱、友爱等等这些最具体的爱，我们才不断地建立和丰富了与世界的联系。

深深地爱一个人，你借此所建立的不只是与这个人的联系，而且也是与整个人生的联系。一个从来不曾深爱过的人与人生的联系也是十分薄弱的，他在这个世界上生活，但他会感觉到自己只是一个局外人。

爱的经历决定了人生内涵的广度和深度，一个人的爱的经历越是深刻和丰富，他就越是深入和充分地活了一场。

如果说爱的经历丰富了人生，那么，爱的体验则丰富了心灵。不管爱的经历是否顺利，所得到的体验对于心灵都是宝贵的收入。

因为爱，我们才有了观察人性和事物的浓厚兴趣。因为挫折，我们的观察便被引向了深邃的思考。一个人历尽挫折而仍葆爱心，正证明了他在精神上足够富有，所以输得起。

人们常说，爱情使人丧失自我。但还有相反的

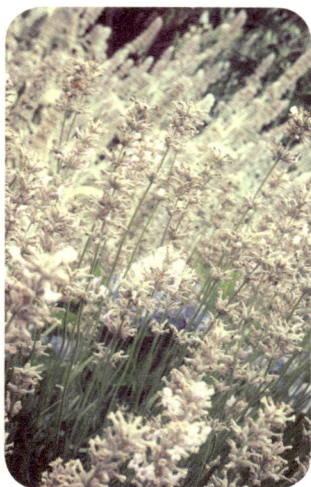

情形：爱情使人发现自我。在爱人面前，谁不是突然惊喜地发现，他自己原来还有这么多平时疏忽的好东西？他渴望把自己最好的东西献给爱人，于是他寻找，他果然找到了。呈献的愿望导致了发现。没有呈献的愿望，也许一辈子发现不了。

相思不只是苦，苦中也有甜。心里惦着一个人，并且知道那个人心里也惦着自己，岂不比无人可惦记好得多？人是应该有所牵挂的，情感的牵挂使我们与人生有了紧密的联系。那些号称一无牵挂的人其实最可悲，他们活得轻飘而空虚。

我突然感到这样忧伤。我思念着爱我或怨我的男人和女人，我又想到总有一天他们连同他们的爱和怨都不再存在，如此触动我心绪的这小小的情感天地不再存在，我自己也不再存在。

我突然感到这样忧伤……

锦瑟年华 该与谁度

文 / 白落梅
摄 / 贺昙染 周捷

我曾说过，想念一个人，梦里连呼吸
都会痛。那是因为，爱到恍惚，爱到
不能把握自己。

其实，已经没有太多的锦瑟年华，可以和谁肆无忌惮地去分享。也还没有老到只能捧着回忆度日的年岁。可流年却真的匆匆，就像此时，我仿佛才闻过晨起时淡淡的花香，可窗外已近黄昏，闭着眼，又闻出斜阳的味道。

很久没有这样注视天空，曾经年少，喜欢黄昏时漫天彩霞的绚丽，织就一个个锦绣的梦。

不知何时起，每近黄昏，就要掩上帘幕，怕那霞光穿过窗牖，落在我的桌案。好似在提醒我，我的人生，已经没有多少光阴可以任意虚度，更没有多少年华可以随性蹉跎。

我承认，落日真的很美，因为它行将消逝，所以它的美，带着一种惆怅和壮丽。我们所能抓住的，只是那一尾稍纵即逝的光影，在寻常的日夜更替里，我们终究还是会止不住内心的悲伤。

人生就是一场修炼，和时间修炼，和命运修炼，明明是在争斗什么，到最后，却分不清是敌是友。可是我们都知道，你我注定是输者，输得美丽而颓废，输得决绝而清澈。

在年华的路上，看过一树一树的花开，我们总是忍不住将心放飞，可又不知道，如何将放出去的心收回。在你身边匆匆而过的，分明都是陌路人，可一些人似曾相识，让你一见倾心；一些人恍如旧友，让你倍感亲切。又或许还有一些人，会让你心生厌烦，但是你可以视而不见，转身走远。

　　读过贺方回这首《青玉案》的人应该很多，一句"锦瑟年华谁与度"与"试问闲愁都几许"是那样的撩人情思。可是关于贺方回的一生，历史上只是轻描淡写，然而轻描淡写的几笔，并不意味他的一生，就是平淡安稳，甚至一帆风顺。

　　他是宋太祖贺皇后族孙，娶的也是宗室之女。十七岁离家赴汴京，后在官场辗转多年，所任皆为冷职闲差，终生不得志。仕途之路，浮沉几度，其中冷暖，想必也是自知。关于他的情感历程，无从得知，只能凭借他散落在文史上的诗词，去猜测他的心情，以及隐藏在岁月深处的故事。

　　每个人的一生，都是一个谜，而我宁愿他们带着谜底离开，也不希望他们将自己的一生袒露在世间，让世人看得清楚明白。留下一些秘密，就是慈悲；留下一些想象，就是美好。

　　关于贺铸，我印象深刻就那么几句：年少读书，博学强记。任侠喜武，喜谈当世事。他的性情本近于侠，以豪爽刚烈见称于士大夫之林，所以词风也偏慷慨悲壮，却又是刚柔兼济，风格多样。

　　一个人，才情人品固然重要，可是一见钟情的，多半是那份初见时的神韵和风骨。虽说，腹有诗书气自华，可有时，那华丽的文采，却压不过丑陋的外貌。说这些，没有丝毫嘲笑贺方回的意味，现实的酷冷常常会让人措手不及。

　　千百年来，总会让人们想起，在月光幽清的夜晚，甄妃凌波御风而来，和曹植在洛水之畔相遇。一切都是梦境，梦醒后，便再也掩饰不住心中的惆怅。

　　我曾说过，想念一个人，梦里连呼吸都会痛。那是因为，爱到恍惚，爱到不能把握自己。

　　贺方回就偶遇了这么一个女子，凌波微步，罗袜生尘，就这么涉水而来，涉水而去，甚至连浅浅的微笑都不曾有，更莫说惊艳的回眸。只留下风姿绰约的背影，让词人目送芳尘远去，独自怅惘。

　　月桥、花院、琐窗、朱户，这些美好的意象，也唯有春知。又或许他在为那出尘的女子感叹，不知她锦瑟年华，是否有心仪的男子共度？只怕是还不曾开始拥有，就要和韶华诀别，如此绝代女子，连过往，都是苍白的。

　　且不问谁是锦瑟，谁是华年，词人就是如此痴心一片，伫立在邂逅的地方，迟迟地不肯离开。这暗涌的情愫，就像春梅乍放，已经不能收敛。

　　青梅往事，来不及挥手作别，就已远去。无论生命中那朵情花是未曾开放就已凋零，又或者灿烂绚丽地开过再死去，只要是落下，就不会回头。年华来的时候，没有召唤；走的时候，也无须诀别。　❀

逃　情

文 / 林清玄
摄 / 贺层染　周捷

情仿佛是一个大盆，再善
游的鱼也不能游出盆中，
人纵使能相忘于江湖，情
却是比江湖更大的。

幼年时在老家西厢房，姊姊为我讲东坡词，有一回讲到《定风波》中"一蓑烟雨任平生"这个句子，我吃了一惊，仿佛见到一个挂着竹杖、穿着芒鞋的老人在江湖道上踽踽独行，身前身后都是烟雨弥漫，一条长路连到远天去。

"他为什么这样？"我问。

"他什么都不要了。"姊姊说，"所以到后来有'回首向来萧瑟处，归去，也无风雨也无晴'之句。"

"这样未免太寂寞了，他应该带一壶酒、一份爱、一腔热血。"

"在烟中腾云过了，在雨里行走过了，什么都过了，还能如何？所谓'来往烟波非定居，生涯蓑笠外无余'，生命的事一旦经过了，再热烈也是平常。"

年纪稍长，我才知道"竹杖芒鞋轻胜马，谁怕？一蓑烟雨任平生"的境界并不容易达致，因为生命中真是有不少不可逃、不可抛的东西。名利倒还在其次，至少像一壶酒、一份爱、一腔热血都是不易逃的，尤其是情爱。

记得日本小说家武者小路实笃曾写过一个故事——传说有一个久米仙人，在尘世里颇为情苦。为了逃情，他入山苦修成道，一天腾云游经某地，看见一个浣纱女足胫甚白。久米仙人为之目眩神驰，凡念顿生，飘忽之间，已经自云头跌下。

可见逃情并不是苦修就可以达到的。

前年冬天，我遭到情感的大创巨痛，曾避居花莲逃情，繁星冷月之际与和尚们谈起尘世的情爱之苦，谈到凄凉处连和尚都泪不能禁。如果有人问我："世间情是何物？"我会答曰："不可逃之物。"连冰冷的石头相碰都会撞出火来，每个石头中事实上都有火种，可见再冰冷的事物也有感性的质地，情何以逃呢？

情仿佛是一个大盆，再善游的鱼也不能游出盆中，人纵使能相忘于江湖，情却是比江湖更大的。

我想，逃情最有效的方法可能是更勇敢地去爱，因为情可以病，也可以治病。假如看遍了天下足胫，浣纱女再国色天香也无可如何了。情者堂堂巍巍，壁立千仞，从低处看仰不见顶，自高处观俯不见底，令人不寒而栗，但是如果在千仞上多走几遭，就没有那么可怖了。

理学家程明道曾与弟弟程伊川共同赴友人宴席，席间友人召妓共饮，伊川正襟危坐，目不斜视，明道则毫不在乎，照吃照饮。宴后，伊川责明道不恭谨，明道先生答曰："目中有妓，心中无妓！"这是何等洒脱的胸襟，正是"云月相同，溪山各异"，是凡人所不能致的境界。

说到逃情，不只是逃人世的情爱，有时候心中有挂也是情牵。有一回，暖香吹月时节与友在碧潭共醉，醉后扶上木兰舟，欲纵舟大饮。朋友说："也

要楚天阔，也要大江流，也要望不见前后，才能对月再下酒。"他死拒不饮，这就是心中有挂，即使挂的是楚天大江，终不能无虑，不能万情皆忘。

以前读《词苑丛谈》，其中有一段故事——

后周末，汴京有一石氏开茶坊。有一个乞丐来索饮，石氏的幼女敬而与之，如是者达一个月，有一天被父亲发现打了她一顿，她非但不退缩，反而供奉益谨。乞丐对女孩说："你愿喝我的残茶吗？"女嫌之，乞丐把茶倒一部分在地上，满室生异香，女孩于是喝掉剩下的残茶，一喝便觉神清体健。乞丐对女孩说："我就是吕仙，你虽然没有缘分喝尽我的残茶，但我还是让你求一个愿望。"女只求长寿，吕仙留下几句话："子午当餐日月精，元关门户启还扃，长似此，过平生，且把阴阳仔细烹。"遂飘然而去。

这个故事让我体察到万情皆忘。"且把阴阳仔细烹"实在是神仙的境界，石姓少女已是人间罕有，还是忘不了长寿，忘不了嫌恶，最后仍然落空，可见情不但不可逃，也不可求。

情何以可逃呢？ 🈁

时光不遇梦

文 / 木浮生
摄 / 周 捷

那些坎坷与不安，那些梦想与青春
似乎都静静地，缓缓地沉淀于时光
之中了。

朋友 x 是个言情小说细胞浓烈的女人，也是我一生最好的朋友之一。而在小的时候，她却是我在班里最讨厌的女同学，没有之一。

幼时的她性情中一直带着种大部分女孩所没有的豪气，话不多，但是直来直去，对于喜恶从不掩饰。刚刚成为同学的时候 x 经常欺负我，当时的我长着一对小龅牙，她便时不时拿这个缺陷当众嘲笑打击我，甚至号召其他女生孤立我。

后来，一次体育课的 400 米体能测试，她跑完就去上厕所，却因为低血糖一跤摔在地上，把门牙给磕掉了一颗，从此她再也没笑过我的牙。再后来，因为我们俩同时成了另外一个女生的好朋友，渐渐地也亲近了起来。

她爸爸一直惯着她，大把大把的零花钱给她用，她一装在荷包里便会叫上我们几个一起吃喝，一起花，直到身无分文。

机缘巧合，城里旧城拆迁，她搬到了我家附近，于是，我俩放学总是走一起。我捧着漫画书啃的日子，她早就涉及言情小说界，每天几本几本地看，还放学后随时拉着我绕道去城里另一边的一家租书屋，没玩没了地带着我借书还书，借书还书。那个年纪，我立志将来要当一个漫画家，而她，也许立志当言情小说家吧。

打小的印象中，x 的妈妈是个温柔的瘦瘦的家庭妇女形象，而爸爸却是高高大大，有点中年人的小肚腩，声如洪钟，是个单位的领导，但是一点架子没有，在家爱做家务，也极度溺爱他的独生女，所以连带我们也爱了起来，随时请我们到他家里去，做好吃的。

随着年龄的增长，她更加地喜欢书，有了零花钱，除了请客吃饭，便是买书买杂志。她妈妈对她很严，在升学的当口不许她看这些分心，她就在柜子里东藏西藏，被发现的时候总是会拉我下水，对她妈妈说是我买来放在她家里的。

于是，很长一段时间内，我买的漫画书被我爸爸察觉，我就说是 x 买来，怕她妈妈发现所以暂存我家里，反之，她的被找到就说是我放的。又有一次，她买了整整一套亦舒的小说，没有两百本，也有一百本，我借了一部分回家看就再也懒得还给她，她偶尔想起来问我要，我便说："你都承认是我的了，还还你做什么？"

不知道从什么时候开始，她从欺负我的那个人，变成了对我百依百顺的好朋友。

在我离开家乡去异地，读大一的那一年，她从卫校毕业在一个医务所里上班。大概我们的离去，让她特别有失落感，大概这样的生活也不是从小幻想着天马行空的她所期待的，所以她和父母闹僵后干了一件惊天动地的大事——离家出走。

她没有对任何人说，辞了职，只身坐了很久的火车跑到学校里来找我，住在我们寝室里。后来，她妈妈打电话给我，问我知不知道她的下落，我看着守在旁边的 x，在电话里对她妈妈撒了谎。经过我的帮助，她辗转了多个城市，从南到北，再从北到南，遇见了她爱的人，后来又发现对方不值得爱，直到大半年过去才回家。那个时候，她和家人的关系已经冷到了冰点。我和爸妈一起去她家说服她父

母，劝他们送 x 到我这边，和我一起念大学。

第二年，家乡发生了一件大事，连通旧城区和新城区唯一的一座桥夜里突然断裂了。妈妈大惊小怪地给我打电话汇报，因为事故发生在凌晨，除了一辆货车被困完全没有伤亡。这本来是一件和我们关系不大的事情，根本不算什么悲剧。谁会想到，在修桥期间，x 的爸爸突然患了急性胃出血，因为他们家在什么都还没完善的新城区，没有大型的综合医院，只能在渡口等渡轮过河，耽误了治疗时间，短短一天之内就猝然去世了。

当时，她谁也没说，一个人接到消息便偷偷回家奔丧。

我事后才知道这个消息，难过得哭了很久。

她爸爸是这世界上最爱她的那一个人，她从小学习不好，没少受过老师的责骂。

她这一生很任性受宠，以至于待人做事很少顾忌后果，因为她有一个那么迁就她的父亲，而这样的父亲却在她不满二十岁的时候走了。

父亲的去世让 x 的家境陡转直下。她在老家找一个护士的工作。那个时候，她根本没有拿到文凭，却骗她妈妈说她成绩好提前毕业了。于是，x 回了老家，独自撑起了家庭的担子。

她打小只爱欺负人，就是不爱哭，可是我却从未想过她会那么坚强，对父亲的事

再也不提，也再不提我们少年时候对爱情、对未来、对外面世界的那些不着边际的梦想。而那份对梦想的憧憬，过去还曾经让她以那么激烈的方式和父母抗争过。

二十岁后，时不时会被亲戚朋友拉去相亲，她从不介意，也不挑剔，似乎换了一个性子，就像家乡那条河里的鹅卵石，被冲刷得圆润可人了。有一次，一个小伙子对她的外貌挺满意的，约会了几次，后来小伙子的父母却又觉得她的职业和家境不太好，既是单亲，妈妈又没工作，怕日后家庭负担大，于是给媒人打了电话退了信。媒人把电话直接打给了 x 的妈妈，直来直去地说了几句，以至于 x 的妈妈在家沉默了好几天。

我记得 x 在电话里淡淡地对我说："我爸没死之前，我也是被人哄着捧着疼着的，哪想还会这样被人嫌弃。"

那语气没有愤恨，没有激怒，甚至谈不上遗憾，那么平静，只是末尾带着点浅浅的叹息。这是自她父亲去世后，我第一次听见她主动说起这事，短短的一句话，配着那语气让电话另一头的我潸然落泪。

没过多久，她认识了现在的丈夫，家境外貌和人品都是顶好的一个男人，就是不太爱说话，每次我们开他玩笑，他只会不知所措地尴尬地笑。

她是我们所有同学里最先结婚的，婚礼的那天，x 的妈妈在台上本来是代表女方父母发表了几句感言，哪知话没说完，她自己先哽咽了。

我写过很多人的故事，却没有写过她的。

那是因为其间，我也参与其中，注入太多的感情，不能很淡定地看待这一切。

x 的孩子出生后，按照我们儿时的戏言，做了我的干女儿。看着她抱着孩子的时候，一脸恬静幸福，回忆起我们十来年的种种过往，难免有种白驹过隙的感慨。

想起她笑我的小龅牙；想起我们俩肩并肩背　着书包站在书店的书架前找小说看，然后幻想着那些不着边际的浪漫故事；想起在大学宿舍里的单人床上，我左边是墙壁，右边是她。

想起她结婚时穿着婚纱的样子。

那些坎坷与不安，那些梦想与青春似乎都静静地，缓缓地沉淀于时光之中了。🔶

I LOVE YOU

如果爱情是一场生命，那么我便生在与你相识的那一天，

活在与你相爱的岁月，死在和你分手的那一刻。

——君子以泽（天籁纸鸢）

回归之诗

文／君子以泽（天籁纸鸢）

"既然我们已经快要订婚，这女的照片可以删除了吧。"

酒宴开始之前，夏娜把手机抵还给柯泽，面无表情地点了点里面一张照片。刚才，她借柯泽的手机打电话，顺带偷偷把他的短信、通话记录、微信、相册统统翻了一遍。最终，她在相册里发现最不想看见的东西。他们在一起已有八年，她非常了解他的性格。如果要他听自己的话，对他大吼大叫是没有用的，最好的方法就是直接告诉他她想要的结果。

柯泽接过手机，毫不意外地看着那张黑衣女子的照片：她脸型与肩胛清瘦，嘴唇如火，嘴角扬起似笑非笑，在白皙的肌肤上，是一抹被雪地贪婪吸收的鲜血。她

I LOVE YOU

短发别到耳后，深坑的铁矿般，闪着漆黑的冷光。这是对着洗印相片拍的照片，像素并不高，但女子的眼睛依然有着鹿的美丽和狼的冷漠。谁都不会想到，拍照时她还只是个大孩子。

"哦。"柯泽把照片发送到邮箱里做好备份，然后故意把手机亮在夏娜面前，删掉了那张照片。

那个人还在的时候，他一直讨厌她十来岁就总穿黑衣，讨厌她除了音乐目空一切的孤僻性格。每次看见她对任何事都无所谓耸肩的样子，抑或是在所有聚会上不告而别的背影，他 总是想要狠狠教训她一顿。想要改变她，让她留长发、穿明艳的裙子、说话得体温柔、小鸟依人地对自己撒娇、远离独占她所有热情的小提琴……然而，她失踪后，他却一直病态地在所有女人身上寻找她的影子。

夏娜换好直接从 T 台秀上拿下来的黑色皇家晚礼裙，将及腰的长发从衣领里拨出来，巧克力色的一圈圈卷发有弹性地抖动。她把一边头发拨在耳后，露出豆腐般的颈项肌肤。她素来对自己的头发皮肤很满意。从镜子里看见柯泽投来的目光，她自信地一笑，对着镜子涂抹当季流行的橘红色口红，享受着男友的注视。

柯泽嘴角带着轻蔑的笑，却是在嘲笑自己。

转眼间，又是一年过去。这样算下来，她已消失了五年。就算是报复，这么久的时间也该足够。他会向她证明，她彻底错了。从今天开始起，他的生活还要继续，不会继续陷在她的泥潭中不可自拔。他不可能永远活在过去。

盛夏浓黑的夜晚里，绿藤爬满了窗前的盆景，花瓣在迷雾中合拢。黑暗在高楼的森林上空沉睡，斗大的星河流出了喧嚣的沉寂，将夏氏最高的楼盘、纵横交错的街道，笼罩在夜的银色婚纱中。回忆像一只偌大的黑色死鸟，你看不见它，可它时刻悬挂在城市的脖子上。柯泽看向窗外被夏娜兄长掌控的楼盘帝国，啪地按下了手机的锁定键，屏幕上瞬间一片漆黑。

就这样。他死心了。

如果爱情是一场生命，那么我便生在与你相识的那一天，活在与你相爱的岁月，死在和你分手的那一刻。

裴诗，你知道我最恨你什么吗？

到最后，你连让我活一次的机会都不曾给过。

就好像是工业革命时期的伦敦，南北战争后的纽约，第二次世界大战后的东京，这座城市正在经历着每一个大都市必经的经济爆炸时期。

四年前的金融危机后，数十个与基

金、银行和地产关联家喻户晓的名字，忽然从媒体中消失了。金融巨头们把自己关在笼子里围追堵截，做困兽之斗，最终笑容血腥的赢家，现在已占据了媒体的每一个角落：打开报纸，金融版的头条赫然写着"强强联合谁与争锋？夏柯合资大型音乐厅落成"，娱乐八卦版头条写着"夏明诚最新情妇曝光，二十一岁名模 Keira 声称要嫁入豪门"；随便扫一眼报刊亭，漫画区有夏承逸重印了五十多次的漫画《星之船》，杂志区有他二哥夏承司为封面的财经杂志，上面写着亮眼的头衔"财富新贵"。

这就是当代最为春风得意的家族，一个由一名花花公子建立起来的金钱帝国——盛夏集团。

这个花花公子的名字是夏明诚。二十多年来，他一直绯闻不断，从亚洲到欧洲，从娱乐圈到时尚圈，从模特明星到豪门名媛……任何领域的美女，他都有涉猎。就连他的私人助理，都是身高一米八、穿着白色皮草紧身短背心的混血女性。不论他走到哪里，总有记者对他的不忠进行尖锐提问，他也总是指天誓日地说挚爱是自己太太。回答这些问题时，他眼神既有包含笑意的孩子气，又有五十岁男人的深邃。当头发半白的英俊男人拥有这样的眼神，哪怕是最刻薄的女记者，也很难再与他针锋相对。

夏明诚的一生有三个爆点：一是他白手起家成就了盛夏集团，二是他连连不断的桃色新闻，三是他二儿子夏承司重振盛夏产业。

如果说夏明诚是手握大权的国王，夏承司就是诸多王子里最冷酷的杀手。金融风暴卷席全球后，商场黑暗，横尸遍野，夏承司是一头雄狮，烈火般烧红了这黑色的莽丛。短短五年内，他不仅让盛夏集团死灰复燃，把盛夏楼盘的商标盖在了英国，甚至还把伦敦市中心 Soho 旁的蓝色玻璃五星级大酒店直接买了下来送给母亲，让一群西装革履的黑人保镖看守，以便她到欧洲旅游有个歇脚之处。

毋庸置疑，夏承司是个孝子，但不代表他就是个有血有肉的人。见过他的人都知道，他有一张完美比例犹如混血儿的脸，同时也有一颗堪比苹果电脑的商务脑袋——精准且缺乏感性细胞。任何事情在他看来都像股市中跳动的数字，都可以通过操盘学有计谋地做出技术性买卖。

这样传奇的一家人，尽管曝光率高得惊人，但丝毫不影响报刊的销量。只要是带有带"夏"字的纸张都会被一抢而空，书店报刊亭老板也会把和他们有关的读物摆在最外面。像现在印有"财富新贵"的杂志封面上，夏承司坐在雍容的斑马纹沙发上，身体略微前倾，十指交握放在下巴前，深邃的瞳仁泛着暗琥珀色，有着洞察一切的沉然与冷漠。他的左耳上戴着一颗黄水晶耳钉，十分醒目。不过，他不是他年轻花哨的漫画家弟弟，戴耳钉自然也不是为了新潮好看。黄水晶招财，左进右出。他和他父母都很信这个。只是，这一颗耳钉一配上奢侈品代言男模般的脸孔，外加杂志下方颇具噱头又如实描述的标题，他招来的就不单是财了，还有一堆冲着"当代花泽类"名号前赴后继的女粉丝。

这么多财经报纸，没有一张不是在讨论盛夏集团和柯氏音乐的合作。不过是两个家族一起盖了个大型音乐厅，居然垄断了整个夏季的商业资讯领域。然而，这么多人买报刊关注新闻议论纷纷的时候，一只纤长的手将一堆报纸杂志，扔到了路边的垃圾桶里。

十五分钟后，玻璃写字楼六十三层，盛夏集团执行董事办公室中，特助彦玲上下打量了一下眼前的年轻女子：她脸上的妆很淡，嘴唇微白，长发如厚厚的泼墨毯一样披在背上。她穿着质地极佳的黑色套装，保守且稳重，但并没能遮掩住清瘦姣好的身材。此时，她正不卑不亢地回望着自己。

来盛夏集团之前，彦玲曾当过平面模特，对女人的打扮妆容往往一眼看破。很显然，这个女子跟那些恨不得把胸前的V领开到腹部、贴着两三层假睫毛、专心致志想要与夏承司来一段办公室恋情的应聘者不一样。她对自己的美貌保留了不止三四分，似乎是真心想要这一份工作。据说她最后一门考试还一对十九，以优秀的团队统率能力秒杀群雄。年纪轻轻如此懂得拿捏分寸实属不易。如果 Boss 不是夏承司，彦玲会觉得让她当私人秘书略显浪费。

只是，她并不是很喜欢这女子的眼神。那双眼睛漆黑明亮，就好像凛冬冰层下深不见底的湖水，美丽却又有着冷冷的疏离感。看人的时候也是毫不避讳，漠然锐利得像把冰刀。尽管夏承司喜欢用这样的人，彦玲却私心地认为，她如果能再柔和一些就好了。彦玲看了看手中的资料："你好，裴诗，你大学才毕业一年，履历表上却写着已婚，是最近才结婚的么？"

"是的，就在去年。"

开口说话的裴诗，瞬间与刚才不一样了。她把声音压得微低，音色很动听，就好像每一个字的发音都被乐器调音器拨弄到最佳状态一样。彦玲发现，她虽然冷漠，却和"干练""物质""精英"扯不上关系。相反，她有一种不食人间烟火的艺术气质，很像那种小伙伴儿们还在玩弹弓皮筋时，会一个人穿长裙骑自行车上钢琴课的女生。想到这里，彦玲忽然觉得这样比喻一个职场女性不大合适，继续问道："丈夫是做什么的？"

"在柯氏音乐第二中心市场部工作，负责推销和联络客户。"

"为什么想要得到这份工作？即便夏柯部分企业即将合并，这份工作也会占据你大量的私人时间，你与丈夫相处的时间并不会因此增加。"

"盛夏集团一直都是我的奋斗目标，在这里工作会让我有荣誉感，并不会成为负担。"

"那你觉得自己有什么优势？"

"分析力强，观察力敏锐。擅长时间管理，做事认真负责。来面试之前，我已经将贵公司的情况了解过，最感兴趣的是夏承司先生近期准备投资的柯娜古典音乐厅。他的初步规划相当完善，也很好地结合了柯氏音乐的风格。我希望自己能帮助他。"她说话时语速很慢，吐字清晰，眼神坚定，有一种让人无法打断的魄力。

彦玲沉默着听她说完，发现自己怔忪了有一会儿，于是回头唤了一声坐在办公桌前的少董。夏承司这才把视线从电脑上转移到裴诗身上，不紧不慢地打量着她。这不是裴诗第一次见他，却是第一次看见他坐在这个位置上。他真人比杂志硬照看上去更加年轻、白皙，鼻梁是冰冷的雪山，点缀着这张极度不真实的美丽容颜。

"裴小姐，我有一个问题。"夏承司看了一会儿裴诗的履历表，中间的停顿很短暂，却给人以无形压迫感，"你在美国芝加哥大学读了一年预科，四年本科，主修经济，是么？"

"是的。我的大学毕业证、护照签证复印件都在提交的文档中，夏先生可以随时查阅。"

"你的档案我都看了。你的大四成绩单里还有一门选修科目是毕业求职学习。"

"是的。"

"但是你提交给我的履历表上，却没有附带自己的照片。"

裴诗愣了愣，一时间没有反应过来对方话中的意思。而夏承司一直盯着她，用一种不冷不热让人看不透的眼神，让她更是不由自主在底下将手轻轻握成拳——难道他看出了什么？不，夏承司对她的了解不会这么多。她已经杀出重围走到了这里，宁可冒险也不可以放弃。她微微一笑，平静地说道："既然要成为夏先生您的秘书，那对您的经历和习惯就应该有所了解。您曾经在英国居住多年，也只有在英国为别的公司工作过。英国与别的国家不同，履历表都是不贴照片的，我想您看了相同格式的履历表，会觉得更加亲切。"

接下来，室内有数秒的静默，却像是永远那样漫长。墙角的咖啡煮熟了，咕噜噜地响了起来。修长美丽的彦玲站在旁边，一时间不知是该看咖啡杯、裴诗，还是自己的老板。

终于，夏承司把手中的文件夹丢在桌子上："明天来上班。"

接下这份万人抢破头的工作，裴诗已准备好第二天开始为夏承司上刀山下火海杀遍商场闯进联合国总部。因此，从彦玲那里接到简简单单的工作清单时，她还是傻眼了一下："彦姐，这就是我的第一份工作？"

"你是秘书，还想做什么。"彦玲把清单推给她，踩着高跟鞋叮叮咚咚地走了。

那是一张长长的购物清单，上面写满了密密麻麻的英文、法文、意大利文女装品牌和该品牌夏末初秋主打的各种衣裙鞋包。裴诗发现自己竟不认得几个牌子，不由皱了皱眉。不过看了看购买地点——维多利亚女王购物中心，她就知道，如果真照着清单买下来，估计花出去的钱够买一套海景小洋房。这不是一份很重要的任务，却是一份很贵重的任务。因此，为了防止发生任何意外，她决定把韩悦悦叫上。

下午两点，盛夏集团外，裴诗站在大老远的地方，就看见一袭红裙身材火爆的韩悦悦。对方昂头挺胸地向她走来，一路上的男人都像见了花儿的蜜蜂一样，不断对她行注目礼吹口哨。一身职业套装的裴诗和她站在一起，简直就是护送明星参加

宴会的经纪人。只是一打了车，明星还要给经纪人开门的动作就有些不协调了。二人在出租车里坐下，韩悦悦嘴一直没有闲着："诗诗，你看到最新的娱乐八卦了吗？柯泽和夏娜昨天宣布订婚消息了，过两天电视台有他们的采访，我们一定要回去看看啊。我一直觉得他们特别配，一个是音乐娱乐集团的大少爷，一个是新锐美女音乐家，比那些乱七八糟的明星八卦有看头多了……"

裴诗看着车窗外移动的楼房和行人，漫不经心地点头。她现在认真思考的问题，和韩悦悦似乎不在一个次元。因为，夏承司并没有给她钱。这只说明了一件事：维多利亚女王里的东西，是可以免费签单的。如果她没记错，这个商场是夏明诚的产业，夏承司并没有插手。它几时转到了夏承司的手下，外面竟没有任何新闻报道。看来，她不够了解的事情还有很多，需要小心的细节也有很多。

维多利亚女王名品店是一座都铎式建筑，外观典雅贵气，传闻是十八年前，夏明诚为一位英国美人修建的"城堡"。进入店内，西装革履的保安神经兮兮，个个都是 CIA 特工。淡金色的灯光打在一间间橱窗里，那么大的空间，只有放着几件寥寥的手袋、衣裳和珠宝。韩悦悦拿着裴诗的清单上前去问货，像抚摸自己的孩子

一样，温柔地抚摸着一个皮包："这就是皮革的味道。"

每次看见她对着鳄鱼蟒蛇山羊狐狸毛皮制的东西露出这种表情，裴诗就总是会联想到西方鬼故事里专吃生肉的女巫婆。裴诗理解韩悦悦对时尚的毒瘾，所以看着表打算给她十多分钟花痴。但没过一会儿，所有有着公主式傲慢的店员都倒吸一口气，朝着商店某一个方向赶集似的跑去。然后，他们众星拱月护送来了一个女子。

韩悦悦早练就一双扫描仪般的火眼金睛，她只需要轻轻一瞄，大方面能看出对方全身装备出自哪个国家哪个牌子哪一年哪一季主打，小方面可以看出对方内眼角是哪一年开的。但是，那女子拎着和她口红相配的橘黄单一色铂金手袋、一袭欧美复古风连衣长裙，像维纳斯女神一样站在保镖店员中间，韩悦悦连点评的力气都提不上来，直接傻了眼掉了下巴——那是夏娜，才华横溢的小提琴家，豪门名媛，时尚杂志的宠儿，音乐世家贵公子柯泽的未婚妻，夏承司的亲妹妹。

每个小萝莉的眼中，都有一个完美的偶像女神。

夏娜就是韩悦悦心中那个女神。

人们说话音量堪比呼吸声，唯一的动静便是夏娜高跟鞋回荡的声音。她没有感到丝毫不适，只是懒洋洋地进入裴诗韩悦悦停留的专卖店，微微抬起高傲的下巴，从她们身边目不斜视地走过，指着衣架上的衣服说："这件，这件，还有这件，不要。"然后，她挥挥手，保镖们瞬间变成了土匪，冲过去动作迅速地洗劫了她没点到的衣服，以光速将它们打包起来。

见韩悦悦一直处于痴呆状，裴诗淡漠地检查手中的购物名目，并没有说话。她知道，韩悦悦并不了解自己，更不了解夏娜。韩悦悦不会知道，这样一个优雅的美人曾经有多失态。失态到大半夜淋着雨冲到自己面前，不顾满脸被雨水冲花的黑色眼妆，失心疯一样摇晃自己的肩："还给我，把我的一切都还给我！柯泽！音乐会演出！小提琴冠军！电影的编曲！这些原本都是我的，你有什么资格抢走它们！你凭什么抢走它们——"

之后，那一声耳光真是响彻天际。到现在想起来，裴诗都觉得脸上有些发痛。

"啪！！！"

此时，一个保镖横冲直闯地擦过裴诗的肩，把她撞在了地上！裴诗原本拿在手里的购物袋散落出来，七零八碎地在大理石地面滑了很远。她膝盖和右手肘磕在地上，左手胳膊却使不上力，一时半会儿没能站起来。韩悦悦这才回过神来，蹲下来扶她，对这保镖颐指气使的行为也看不过去："你这是怎么回事啊，撞倒人不知道道歉？"

裴诗摆摆手，声音压得很低："悦悦，帮我捡一下东西。"

"可是他们这也太——"

"没事，我是自己没站好。先捡东西。"

到这时夏娜才稍微留意了一下这个角落。原本，她只是随意地看了一眼裴诗，眼睛却蓦然睁大，挎着手袋的手腕也显得有些僵硬。裴诗捡起东西没有花太长时间，但是夏娜的动作定格了，直到对方快要站起来，她才往前走了一步。

这时，手机铃声突然响起。从手袋里翻出手机，她有些慌乱地接了起来："喂。泽，怎么了，我还在买东西，你可以先到外面……"她一边打电话一边走出专卖店。保镖们也跟着她一起出去。

韩悦悦走向柜台前的裴诗："诗诗，今天你是怎么回事？那个保镖这么过分，你居然就这样让他们走了？"

裴诗拿起柜台前的一张专卖店名片，指了指上面的一行字——盛夏集团维多利亚女王购物中心。她微微笑了一下，嘴唇淡且素雅："夏娜是这里的大小姐，不得罪她会比较好吧。"

韩悦悦不得不服气，却还是有些不悦："可是，她本人竟然是这样的，连句对不起都没说，真是令人失望。"

裴诗没接话，只把盖了章的清单递给

店员："我是少董的秘书，他让我来拿这些东西。"

不满没能得到发泄，韩悦悦小嘴一直翘得可以挂油瓶。裴诗用自己的钱背地里给韩悦悦买了一个手袋，从购物中心出来后交给她："这是我在清单里偷偷加的，给你了。"

"刚才你不说话原来是因为这个？诗诗你太好了！"韩悦悦眨眨眼，扑过去抱住她，但很快严肃地说道，"你也太大胆了，第一天工作就摸鱼！"

看着韩悦悦笑得那么开心，那双捧着手袋的手也相当修长，裴诗不由心底暗想她真是个美人。不仅天生丽质，还很爱惜自己：她会第一时间买下最适合自己的裙子，清晨起来为自己化上完美妆容，已经变成了和洗漱一样重要的事。

裴诗一直认为，这样漂亮的人，一定配得上漂亮的梦想。

完成任务后，她为韩悦悦打了一辆出租车，便扛着大大小小的购物袋走到马路对面，对着又一辆空车招了招手。就在这时，一辆灰色的豪华跑车正巧从维多利亚的停车场里驶出来。开车的男人衣冠楚楚，戴着巨大的蛤蟆镜。前方的交通堵塞令他心烦，他叼着烟，刚掏出打火机，却因看见街旁迅速钻入出租车的侧影，而迅速将墨镜摘了下来。

隔着玻璃窗，他看见了裴诗。她正把长长的黑发别到耳后，嘴唇是淡粉花瓣色，是雪地中生长出的一抹明艳。她的眼角有从天而落的飞星，闪烁着浓密睫毛也无法覆盖的清冷。

是她？他的心脏忽然剧烈地跳动起来。在出租车开动的瞬间，看见那个秀丽的侧影也随着缓缓移动。持续多年的空落钝感排山倒海而来，他早已完全忘记准备忘记一切的誓言，脑中一片空白，把打火机和墨镜都扔在副驾上，跳下车，狂奔向她搭乘的出租车。但他没看见，一辆凶悍的摩托车加到最大油门飞驰而来……

烈日透过玻璃窗照进出租车，司机摇下窗子，跟着所有堵车的司机一起看着后方。裴诗跟着转过头去："怎么了？"

"好像那边出车祸了。"司机看了一会儿，又转过头来，"堵成这样都能出事，也不知道这些人眼睛长在了哪里。还好我们先出来了，不然不知道要堵多久。"

裴诗看看表，倚在座椅靠背上闭目养神。她并不是很关心身后发生的事，只忽然觉得很累。因为，刚才夏娜在商店里接到了电话，叫的是那个人的名字。 ❀

长篇小说请关注单行本出版《夏梦狂诗曲》

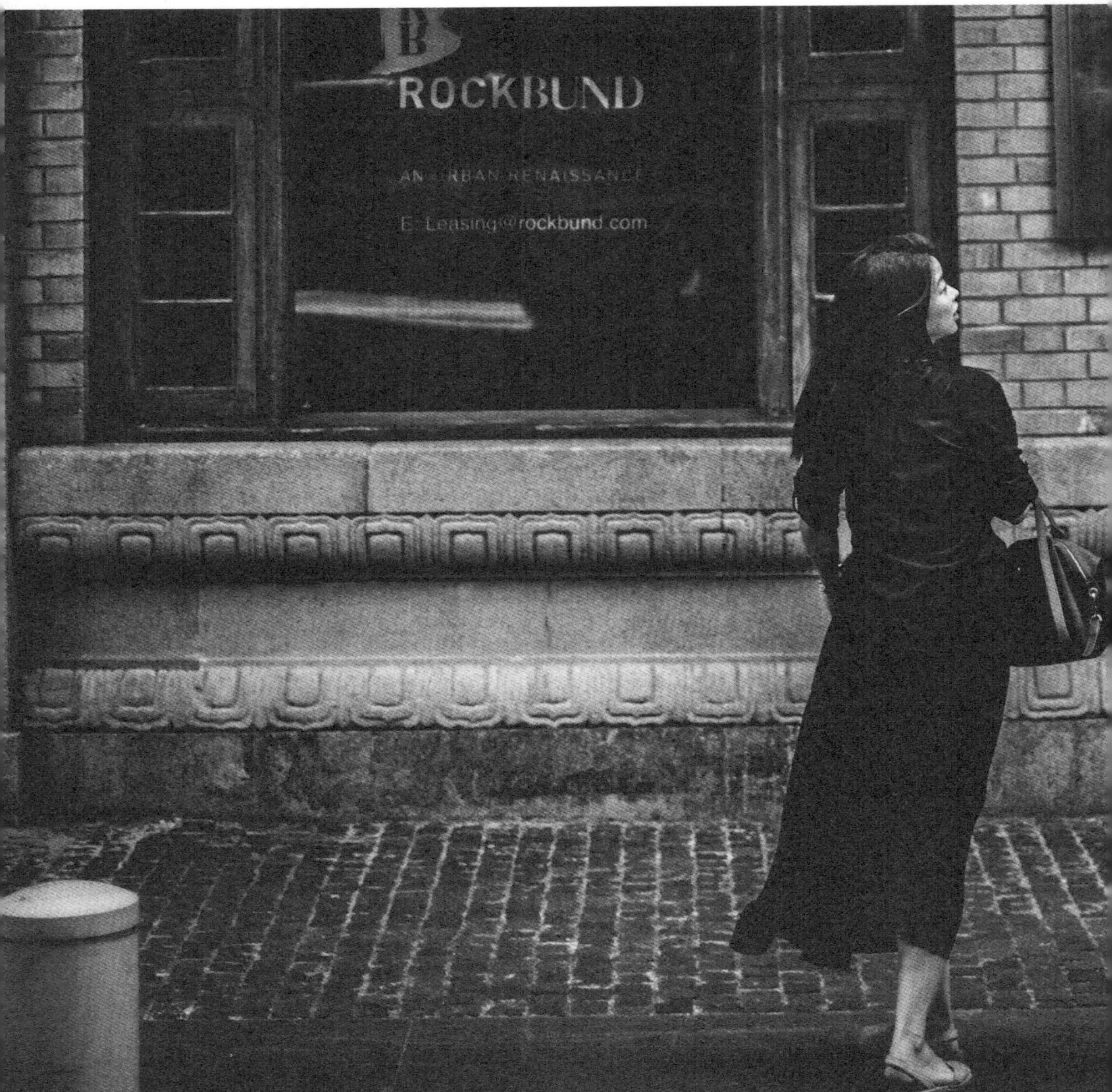
ROCKBUND
E: Leasing@rockbund.com

摄／贺层染

文／江晴初

我遇见你，不可能没有意义

小七14岁的时候第一次来红。她吃惊又羞耻，血淋淋全落在她爸眼里。

屋梁上吊下一根绳子，绳子另一端绑在她的腰上，她像个悬空的粽子，闷头闷脑的，胳膊被反扭在背后。她不觉得有多痛，腿以下都麻了。她努力抬起头，将眼神从那蓬茅草样的头发里斜上去。她知道她老子受不了她这副样子，果然她老子又将绳子狠命一抽，说："老子问你，你怎么不哭？！"

脊柱像炸出一团火，她的背心湿了。

"老子王八蛋才哭。王八蛋才如你的愿。"她拿出一样的狠劲跟她老子回嘴。力气不够，牙咬得咯咯作响。

"老子丧了德才生出你这个丧蛋坏子！你生出来没淹死，浪费我十几年的米，反过来害了我儿子！你怎么还不死？"

汗糊住了眼睛，她忽然骂出来一句："你怎么还不死？！我妈还大着肚子，我弟弟眼看要病死你不管，你只记得你跟那个野女人的小野崽子？他死了活该！"

她豁出来这一句，随即眼前一片黑，知道这下怎样也逃不了了，她老子一定抽死她。果然罗宇良愣了，他两条浓重的眉毛渐渐竖成一个倒着的八字，他咽了口吐沫，双手将绳子抽紧了。

"讲得好。今天是你自己找死。弄死了你，老子还要白赔你一床席子。"

小七的身子早麻了，她感觉自己的身子被一股力牵来荡去，脑子里却空了，远远的有使劲推开栅门的"哗哗剥剥"声，一下两下，她迷迷糊糊地想，妈来了。

她垂着头，睁开肿胀的眼，却看到一滴浓稠的液体落了下来，落在她爸的鞋面上，立刻消失了。接着是另一滴，"扑"的一声，脚下有一捆用来烧灶的草叶，不声不响地接纳了去。

像找寻一丝不明来由的风或一只忽然撞进灶台下的耗子，罗宇良抬起头，左看右看，终于聚焦在小七身上。他似乎才注意到——他14岁的女儿悬在空中，一大块臀和裆部迎着门外的光线。在那个奇特的交接处，一块红色的血渍正逐渐洇散，缓慢笨重地，似乎凝聚良久。

罗宇良皱着眉，歪着头，沉思着，直到大肚子的女人扑上来夺他手里的绳子。他一挥手就轻易地把她掀开，然后他啐了一口，一手脱了鞋子，立刻塞进了灶里。

"晦气。"他摔门走了。

"妈……"小七说。

挺着大肚子的妈妈上来解绑着小七的绳子，她双手哆嗦，这皮绳浸过油，她又是拽又是咬，指甲发青，好容易解开个疙瘩，下面的仍是解不了。

小七说："妈，我腰里有把刀，用那个。"

她妈惶恐地瞟她一眼，小七被汗珠和血珠弄得稀脏的一张脸，乱发虬结，侧向窗外投进的一点光线，逆光里这张脸也酷似一柄刀。她腰间果然紧紧地别着一把硬东西，妈妈慢慢抽出来，也顾不上问刀是哪儿来的，小七从会走路起身上就常揣着各种奇怪的东西。

这刀居然一点不钝，割起绳子嗖嗖的。她一边小声告诫："你快走吧，去你外婆那里住几天，他儿子……正在高烧，据说危险得很，万一有个好歹，他哪里饶得过你？"忽然她一眼看见小七裤子上的异样，愣住了。

"小七，你……成大女孩了……"妈妈的声音颤抖了，小七从出生到现在，没扎过辫子，没穿过裙子，没人记得她是女孩，她居然瞒住这一大家子的眼发了育。

"你歇歇，我去给你拿身衣服。"妈妈匆匆地走出去，脚步跌跌撞撞。

小七抱着蜷缩的身子便藏进里间。也可以说，她简直是想藏进灶里的。灶里的火燃着，她眼里也闪过一道火光。深深的耻辱和愤怒使她浑身打战。她手里还握着那把刀，刀身狭窄，有一层暗色的锈。她的手腕不比刀锋宽多少，手臂上累累伤痕。地上有块石头，她拿刀凑上去磨了一阵，刀锋慢慢现出光来。

是一刀切进咽喉，还是割下舌头？或者割掉他的睾丸，让他再做不成孽？那个叫罗宇良的男人，人们要她叫他父亲，但她不知从哪一年、哪一天起，便开始盘算着该从哪里下手给他一刀。

她在逃去外婆家的路上还想着这事。她知道她那个同父异母的小崽子发了伤寒凶多吉少，她知道一家子人都认为是她在看护中刻意让他呛了凉水。就算是她又怎么样？罗宇良让她上不成学，只为了来服侍这个他与外面野女人私通生下的小野种，而她自己的亲弟弟病了好久全家都不关心，难道这个就不是罗家的儿子？

春天的杨花纷纷落下来，处处是冲鼻的粪料气，小七的鼻腔里还有淡淡的血腥味，这个春天艳丽凶残，她出逃的这条路坑坑洼洼，她妈妈与弟弟还在姓罗的家里，她搭救不了……这一切都让她怀恨。

杨花絮絮地、无休止地落在她的头上和身上，她身子里流着令她可耻的血，头被太阳烤得发昏，她抬起头，太阳是一只灼白的大鸟，向四面八方长出羽翼，它缓慢地飞着，覆盖了天地……

小七觉得身子很轻很轻，她脚一虚坐了下去，邻近的树上搭着一个风筝，晃悠悠地欲掉不掉，风筝是一只画了翅膀的动物，有着鸽子的脑袋和人的身体。

小七想，是镇上的人放丢了的，她往山下看，山道蜿蜒着通向一条街，那是镇上最大最长的水篮街，像从湖上伸出的一条长带子，长带子上有很多固定不动的方方块块，是一间挨着一间的店铺和房屋，其中又蠕动着很多行走的小点，那是看不清的行人。

小七鄙夷地将风筝踩了一脚又踢走了，她脑子里随意地构想着一张脸——那个风筝的主人——正从那些蠕动行走的人群中，努力而失望地仰起脑袋。

这个想象使她一阵舒服，她是个不愿意看到别人快乐的女孩。

仰着头的女孩叫谷雨，从风筝脱线那一刻，她追着跑了一阵，就停住不动了。

如果在街上看到这么个气喘吁吁奔跑的女孩，人们会多看一眼，谷雨鲜艳的腮帮和娇嫩的手脚，使她在人群中很好区分。

风筝早没了影。她眼睛酸胀得要流泪，只好丧气地垂下头，太阳把她的影子送到脚下，她一步踩上去，踩不实，影子又悠悠跑到了身后。她想，人是多么奇怪的东西，连自己的影子也背叛自己。这样想着她就叹口气，显出早熟的悲哀。

她在街上走过，书包心不在焉地拖在胯下，一步一步拍打着她。她一间间看着卖零食、书本、明星画片的铺子，不急着回家，但也不停下脚步。她心不在焉的神气吸引着路人，因为这么个小美人，脸上却没有一般美丽女孩的矜持，她看起来失落并且冷漠。

这时她身边又出现了另一个女孩，在外人的眼里她们是一模一样的，一样的身高五官，一样的鹅黄褂子粉蓝裙子，一样美人鱼的小书包。

但人们会立刻发现她们的不同，新出现的女孩，虽是与谷雨酷肖的脸，但她无疑更美丽更精致。她的头发更乌亮，皮肤更白皙，眼中的神采也更浓，谷雨俊俏的五官，无一不在新出现的女孩那里精益求精，更上了一层楼。并且，你在谷雨身上看到的茫然，在这个新出现的女孩身上，却成了一种完全的笃定。

她看着谷雨，不急着开口，完全调匀了呼吸才说："没人跟你抢，你跑什么？风筝呢？放丢了？"

谷雨瞪了她一眼，人们会惊异十来岁的女孩居然会有这样凶狠的眼神。谷雨狠狠地说："谁稀罕那么个破风筝，我早就不想要了！"她说完掉头就走。

新女孩对着她的背影哧了一声，也不管她，完全拿捏得住的样子，自己去旁边的铺子挑糖面人。她挑糖人的样子也是笃定的，完全不容易被诓，她说："我要这个，戴花冠的花仙子。花仙子的裙子换一种颜色，不要这种桃红，要那种粉红。没有？那你现给我做一个。"

现在可以大体看出来了，是的，她们是一对孪生姐妹，是可以分辨得出的孪生姐妹。她们的差别看似细微但却巨大，但如果观察得再仔细一点，会发现幼年的谷雨眼中深酽的恨意。

谷雨恨着自己的孪生姐姐樱桃。

在她们头顶的杨庄，在野女孩小七不过四岁，第一次因偷了家里扎篾条编篮子的钱去换玻璃弹子而被父亲捆起来鞭打的那年，谷雨与姐姐樱桃同时出生在这个叫水篮街的小镇上。

两姐妹的父亲是镇上的中学老师，在暮春的时候两个千金双双到来，他便给她们起了这两个诗意又娇艳的名字——樱桃、谷雨。

说同时也不是同时，樱桃比谷雨早出

生20分钟。这20分钟谷雨相信姐姐是用来挑选。樱桃像个捷足先登的优胜者，先下手为强，将枝头所有妍媚的果子，闪亮的花朵都收进囊中。

是的，樱桃毫不客气，她趁着谷雨还在子宫里沉睡乍醒，快手快脚，挑选了溪水洗刷过一般洁净的皮肤，挑选了两弯远山长眉，选了剔透夺目的琥珀眼睛，选了绸缎般的长发，最后，还选了一张千伶百俐的好口齿。

两姐妹三岁开始学认字。樱桃总是快一步，她一口气能认出几十个方块字时，谷雨刚能辨认出自己的名字；到了樱桃会背百家姓的时候，谷雨仍然只能认名字。但谷雨并不气馁，旁人夸她们俩，总是说，樱桃好灵啊！轮到她，人家就说，谷雨好憨啊！但谷雨相信自己和姐姐同样可爱同样讨人喜欢。

樱桃和谷雨四岁时上了镇上最大的一所幼儿园，所有人都跑出来看这对瓷娃娃，大家议论哪里像哪里不像。有人说，姐姐眼睛大一些，个头也稍高一些。有人说，姐姐会笑哎，下巴也尖些，是标准的瓜子脸呢！

后来大家不用费什么神就学会了区分她们，因为谷雨总是失踪，老师要找的时候就说，找那个矮一点、圆一点、不会说话的妹妹！而这样的问题在樱桃那里不会

有，樱桃一上午乖巧地坐在小木椅上，老师说手要放在膝盖上，她便一动不动地保持着那个姿势，一双小脚也并得拢拢的，谷雨则在连续两次尿湿了裤子后被妈妈直接拎回家。

谷雨现在知道自己没有姐姐乖，姐姐常被老师叫上讲台，清清楚楚背上十几首唐诗，带回的小红花和星星够贴一面墙。老师若要请小助手，总是第一个叫樱桃。谷雨坐在一堆挖着鼻孔，背后塞着汗毛巾的小孩堆里看着，心想：长不了的，等到她自己长大，只要再长大一点，这些都会是她的。

但那一天始终没有来。

姐妹俩7岁时上了小学，又一起被选去少年宫学舞蹈，樱桃的身子柔软无比，老师刚挽住她的腰，她已经自己向后倒过去，老师松了手，看樱桃把自己颤巍巍地弯成一座拱桥，脚背绷直撑住地，一声不吭，把老师喜得直叫人来围观。

轮到谷雨，腰才下了一半她就喊痛，老师说坚持！坚持！再下一点！谷雨忽然身子一歪，倒在老师手腕上，顺势将老师胳膊咬了一口。🔖

节选自长篇小说《唯有爱，让我们相遇》

文／石天琦

　　我爹名唤苏豫，是卫国的上一任储君。我娘名唤宋璎，是平西王的女儿。

　　我叫苏落，两岁半。话本子里写道，别家小姐出门都是用轿子抬着，而我出门却总是骑着一头狼。它虽然长得高大威猛，三个我加起来都不及它，但它的名字却是叫小灰灰。而且，这名字是娘亲为它取的。

　　我爹说，那是一个乱世，乱世出佳人。

　　卫国的历史被娘亲不经意地撞了一下腰，竟是一种美丽至极的疼痛。

　　而我娘与我爹相识的那天，更是精彩绝伦，令人瞠目结舌。

卫国，天曌三年。

那天风和日丽，万里无云，地处西岳腹部的平西王府邸，木槿花盛开满园，年仅八岁的小宋璎在平西王府的后花园跟着嬷嬷学习礼仪。

小小的宋璎梳着凌云髻，身穿蔷薇色棉裙，手指间轻捏一条绢子，嬷嬷道："走。"她便开始莲步姗姗，手中的绢子也前后一摇一摇的。

嬷嬷道："行礼。"她便先端正姿势，双手紧贴放在自己的左腰上，双腿微微弯曲，身子和脑袋都略往下，柔声道："给爹爹请安。"

嬷嬷突然捂着肚子说要离开一下，让小宋璎且先自己练着。

宋璎小手一挥："你去吧。"

待嬷嬷的背影消失在视线中，宋璎立马转了个身，一把扔掉了手中的绢子，一屁股坐在了草地上，双手撑在身后，双脚伸直了，脑袋向后一仰，闭着眼大声喊道："天天学礼仪真要烦死人啦！"

待她睁开眼，突然看见树上坐着一个人，吓得她顿时惊声尖叫。

那人从树上跳下来，蹲下身来俯视她，笑眯眯地摇了摇头："如此不堪。"

宋璎从地上跳了起来，才发现他比自己高了一个头不止，她不服气地踮起脚尖，双手叉腰，道："你说谁不堪？"

"你是哪家的野丫头？"

宋璎气极："你竟敢这样跟本郡主讲话！"

"郡主？真是没看出来，你是什么郡主？"

宋璎傲气十足地从鼻子里哼了一声，眼睛向上斜视："我爹是名震卫国的平西王宋大将军，我娘是前朝太后的亲侄女，我便是平西王唯一的女儿——宋璎郡主！当然了，我还有一个哥哥，宋永诚小王爷。"

虽然宋璎的生母已经过世，但母亲的身份还是让小宋璎感到十分自豪。然而当她骄傲地说完这段话，却发现面前的小子不为所动，她突然气不打一处来，想她在西岳可是小霸王，这里的每个人看在她爹的面子上也都要敬她三分，哪想这人不但不怕自己，还敢这么无畏地直视自己！

小宋璎眯着眼睛冲他大喊一声："有胆量留下你的大名！"

"姓苏，单字一个豫。"

苏姓，举国上下也就只有皇室用这个姓氏，而单字一个豫，那便是当朝的皇太子了。

宋璎正出神地想着，苏豫却在一旁

捡起了她的绢子，一边走向她，一边嫌弃地说道："你身为一个郡主，行为举止却如此地不雅，你也不怕丢你父亲的脸。"

苏豫将绢子递给她，但他的那番话却惹得宋璎大为不快。宋璎不仅没有接过绢子，居然还从脚上脱下了绣花鞋，朝他扔了过去。

苏豫防不胜防，胸口突然被砸了一下，甚是疼痛。虽然他只有十二岁，但平日里养尊处优的他，无论何时何地都被众星捧月的他，现下怎能容忍被一个小女子欺负？而且还是一个乳臭未干的小小丫头！

苏豫一边用手挡在自己脸的前面，一边朝宋璎走去，然后迅速伸手擒住了她即将要扔的另一只鞋，重重地砸在地上，接着又一把将她推倒在地。

他以为她会哭鼻子，不料这小妮子异常好斗，眨眼间就抓住了他的裤子，还狠狠地往下拽。

苏豫暗道一声：不好！但还没等他做出反应，裤子就已经被宋璎拽了下来！好在他穿的是长袍，虽然不会走光，但他从没在别人面前丢过这样大的脸。怕被别人看见，他只好也坐在了地上。

"叫你推我！叫你推我！"小宋璎气红了脸，嘴里咬牙切齿地不停地念着，手上也不忘记在报仇。

苏豫惊呆了，明明是她在欺负人，她却表现得好像她被欺负了似的。

宋璎脱下他的裤子之后，又奋力地去拽他的长袍，仿佛不将他扒光誓不罢休。

苏豫大喊着抓紧了自己的长袍："松手！你这个女流氓！"

"你还敢骂我女流氓？"宋璎深呼一口气，她的小手死命地揪住他的衣领，使出了吃奶劲儿，小脸儿都皱成了一团。

苏豫睁大了眼睛无比讶异地看着她，只见她用劲一拉，刺啦一声，他就那么眼睁睁地看着自己的长袍从领口一路开裂到了腰间！

苏豫顿时傻了眼，这小丫头的力气怎么这么大?!

这时宋璎的视线瞄向了他的头发。他的头发一半盘在头顶，用一根金簪箍住，另一半披散于背，于是她伸手就扯住了他披散着的头发，疼得苏豫哇哇大叫！

苏豫简直是狼狈不堪，他一手护住自己的衣领，一手护住自己的头发，连还手的机会都没有，还不能逃跑，因为裤子还没穿上！

苏豫感到又痛又屈辱，虽然理智告诉他不能哭鼻子，可他终究还是忍不住红了眼眶，朝她大叫："松手！松手！"

宋璎一看，见他眼睛里打转着泪水，她一愣，便有些心虚地松开了他的头发，但是从小被捧在手心儿里宠坏了的她怎么会觉得自己有错呢？于是便道："是你先动手的，你活该。"

这时另一个与苏豫年龄相仿的男孩子跑过来，见苏豫一副狼狈不堪的样子，他的眼中写满了疑惑与不可思议。

苏豫用手背抹了一把脸，迅速地穿上了裤子，站起身拢住自己的长袍，恨恨地对还坐在地上的宋璎道："下次别让我看见你！否则一定让你后悔！向严，走！"

宋璎自认为对他已经手下留情，他应该感激不尽，没想到他如此不受教，她倏地站起来，鞋子都不穿就拔腿追了上去！苏豫听见身后有动静，转头看了一眼，低吼一声："快跑！"回头就跟向严拼了命地往前跑。

"有本事你别跑！"八岁的宋璎哪里追得上十二岁的苏豫和向严，眨眼间，他们就消失在了后花园的拐角处。宋璎气喘吁吁道："居然跑得比兔子还快！"

苏豫和向严跑出后花园后，感觉甩掉了宋璎才停了下来。此时二人都是上气不接下气，向严缓过神儿来问："殿下，刚才那位就是府上的郡主吗？"

苏豫此刻火冒三丈，老天，他活了十二年，从来没有一口气跑这么快过，实在丢人！

"你看她那副毫无教养的样子，像一个郡主所为吗？"

向严傻兮兮地笑了笑："凶是凶了点，但模样甚好，与殿下还是极般配的。"

苏豫瞪了他一眼，般配？他打心底里觉得宋璎这妮子浑身都是刺，且性子野蛮，日后谁若娶了她做妻子，谁就是倒了八辈子的霉。父皇要是让他跟宋璎过一生，他宁愿削发为僧，终生不娶。

那时候的他哪里知道，自己日后却是拼尽一切，只为与她白头偕老。

乃至，那时，让一人不禁感叹："苏豫眼里，十里风华，万里江山，不如宋璎。"

待苏豫回到厢房，换了件衣裳，重新梳了头发，稍作休息便已到了晚膳时间。

此次他是遵从父皇的旨意，跟着漠北大将军李正青去大漠的军营习武练兵，途经西岳，便到平西王府停留数日。

但没料到才刚来，就遇上了宋璎这泼辣的妮子。

而他还清楚地记得，临走前父皇对他说："豫儿，此次你前往大漠军营，途中应会在平西王府小住几日，那平西王的女儿尚且年幼，不过你若是喜欢，朕就将她赐婚于你，你们可先相处看看。"

苏豫此刻想起宋璎，便是一脸的厌烦之色。

苏豫和宋璎都没有想到，他们再次相见会来得这样快。

宋璎在嬷嬷的陪伴下，前往正厅用餐，她余光扫过之处，只见从对面走来了苏豫与向严。他们身边还跟着一个魁梧高大的男子，宋璎认得他，他正是漠北大将军李正青。

这李正青与广南王董光耀皆曾是她父亲宋瀚学的部下。李正青现在虽然正得圣宠，但见了宋瀚学还是谦恭有礼。

宋璎走到苏豫身旁，轻轻地推了下他的肩膀："苏豫，我们又见面了，你今日打不过我就跑了，你太丢人。"

苏豫走到了向严的另一边，不理她。宋璎绕过向严又走到他身边，道："你不是说下次看见我会让我后悔吗？为什

么躲着我？难道你害怕又被我打？"

"我会怕你？！"苏豫咬牙切齿地低吼。

宋璎愣了愣，随即哈哈大笑："你不怕我，那你为什么不敢跟我说话？你是不是承认你很没用？"

苏豫朝天翻了一个白眼，眼里闪过一丝冷冽，对宋璎道："好，我告诉你，我只是不想见到你！不想跟你说话！不想听见你的声音！懂了吗？离我远一点！"

宋璎怔在原地，向严转头看了看她，在苏豫耳边轻声说："殿下，她站着不动了。"

"她站着不动与我有何关系？"

宋璎绕到苏豫背后，突然用力一推，苏豫一个踉跄差点儿摔倒在地。她红着眼睛，伸出小小的手指指着他，小嘴儿颤抖着半天说不出一个字，最后终于从牙缝里挤出三个字："走着瞧！"

宋璎用力地撞了他一下，这才走进大厅。厅里已坐了人，上座之位空着，而她的父亲和继母坐在下座，父亲身旁则坐着李正青。

宋璎气呼呼地走进大厅，苏豫紧随其后。宋瀚学见苏豫进来，带头起身行礼："参见太子殿下。"

苏豫手一抬："免礼。"走向了上座。

宋璎万般无奈，便马马虎虎地对他行了个礼，之后坐在了自己的位置上，拿起一杯热茶就咕噜咕噜灌了下去。

喝完之后，她猛地从椅子上蹿起来，如热锅上的蚂蚁原地打转，还一边用手拼命地扇着自己的嘴巴："啊！好烫！好烫好烫好烫……"

继母佟秋月看到她这个样子，连忙上前安抚。

宋璎鼻子发酸，眼瞅着要流下泪来，却在对上了苏豫那双幸灾乐祸的眼睛后，猛地深呼吸，硬生生地把眼泪忍了回去！

苏豫咋舌，这妮子果然是个臭性子。

宋瀚学本想让管家去请大夫，宋璎阻止了他，她不想让苏豫的幸灾乐祸得逞，自然是忍痛说自己无碍。

这时，宋永诚走了进来。宋永诚与苏豫年纪相仿，他与大家寒暄了几句，宋瀚学便吩咐开席了。

宋璎虽然不动声色，但这顿晚膳她却吃得痛苦无比，舌头火辣辣地疼，每一口都是忍痛下咽。而她那毫不知情的哥哥，竟然还在不断地给她碗里续酸辣汤，一边还说着："阿璎最爱喝酸辣汤。"

苏豫此刻突然出声挖苦道："平时爱喝，现在可不必逞强的。"

宋永诚自然没有听懂苏豫的意思，而宋璎是个拧脾气，最激不得，苏豫一激她，她就端着那碗冒着白烟的酸辣汤毫不犹豫地喝了下去。喝完后重重地将碗一放，宋永诚还乐呵呵地继续给她舀汤。

苏豫再次傻眼。

第二碗、第三碗，等到第四碗的时候，苏豫抢过了她的碗："你一个人都喝了，叫我们喝什么？"

宋璎一瞪他："装什么好人。"语毕，她又喝完了。

晚膳结束后，宋璎的舌头像火烧般的疼了整整一夜。这一夜她辗转反侧、翻来覆去，疼得睡不着，不断地起来喝水，水喝多了又不断地跑厕所，可真真将她折磨得快疯了。她将这所有的过错都推到了苏豫头上，认为没有他，她就不用受这苦。

自此，宋璎和苏豫便是水火不容，见面就吵架，吵不过就打架。虽然苏豫在平西王府待的时日并不长，但这几日里，却也是发生了不少故事的。

例如，宋瀚学给宋璎请了夫子，宋

瓔每日都要上课，苏豫待在厢房里无所事事，就觉得不如去看看民间的学堂都是如何教学的。

苏豫便与宋瓔一起上课，见面的次数自然也就多了。只要他在她的怒火上再点燃一小撮火苗，她就能立马爆炸，追着他满学堂地打。

到了第三日，夫子终于忍无可忍，他去找宋瀚学和佟秋月请辞，让他们另请高人。

归根结底，就是因为宋瓔和苏豫在课堂上一相见，就开始互骂、互相作弄，眨眼工夫，就把课堂弄得乌烟瘴气，但这还是次要的，主要的是像墨水啊、毛笔啊、课本啊，全往夫子身上招呼，任凭夫子心理素质再强大，也受不了这折腾。

夫子是要钱还是要命？他抹了把汗，当然要命，命若被那两个"混世魔王"给糟践没了，王府给的钱再多又有何用？

宋瀚学叹了口气："这俩孩子，到底有什么深仇大恨啊？"

佟秋月摇了摇头，却轻轻地笑道："不是冤家不聚头，两个小冤家，随他们去吧！"

夫子走了，宋瀚学没有再提请夫子这事。宋瓔和苏豫见不到了，这场战争，总算暂时消停了。

然而真正的消停，却是在这一日。

这日正是苏豫和李正青启程前往大漠的日子，宋瓔带着府里跟她年纪差不多大的丫鬟夕照，一早偷偷地跑出了王府。

夕照跟在宋瓔身后，两个小孩子在街上虽不起眼，但看宋瓔那一身衣裳的质地，也晓得是大户人家的孩子。夕照不知道郡主一早带她出来要做什么，便道："郡主，今日可是太子爷离府的日子呢。昨儿王爷说今日府上任何人都不准离府，要给太子爷和李将军送行。"

宋瓔摆摆手："我知道，出来一小会儿，不碍事的，我就是想给那浑球儿送份饯别礼。"

夕照大惊，急忙拉住了宋瓔的衣袖："郡主！太子爷今日就要走了，你可不能再捉弄他了！你们要是当众打起来，叫王爷多难为情啊！"

宋瓔推开夕照的手："谁说我要捉弄他了？"

"那……那你不是说要给他送份'饯别礼'吗？"

宋瓔无语，此时她们正走到了一家

兵器铺门口。宋璎看了看，就走了进去。

掌柜见进来的是两个女娃娃，只扫了她们一眼，就又低头继续算他的账目，嘴里还不屑地说："我这里可都是没长眼的东西，小孩子要玩乐上别的地方去，伤着了自己我可概不负责。"

宋璎拿起一把匕首，这把匕首通体墨黑，但镶了镂空的金纹，十分精致，精致中却又透着一股万丈豪迈的粗犷气息，再适合不过像苏豫这种有着太子爷的身份却要上沙场的人了。

宋璎买下了这把匕首之后，带着夕照便往回走。

为了赶时间，她们就选择走小路。穿过一条小巷子时，她们被两个大孩子拦住了。其中一个长相肥胖的走到夕照面前，摊开手掌，突然就摸了她的脸蛋一把，哈哈一笑，对身边那个身材瘦小的同伴说："你看，我摸到了，该你了。"

夕照惊恐地大叫了一声，忍着眼泪，却不敢反抗。

那小瘦子盯着宋璎，问大胖："真的要摸？"

"咱们打过赌的，没胆子摸就是小狗！"

"摸就摸。"

眼看着那小瘦子就要将他骨瘦如柴的手伸过来时，宋璎一掌拍开了他，大声道："你敢碰我试试？"

大胖一瞪眼，对小瘦子说："这个够刁钻够泼辣，我喜欢，咱们换一换。"

大胖朝宋璎走去，而夕照害怕地躲在宋璎身后，偶有人经过，也以为是小孩子们在玩过家家，都不予理会。大胖笑得脸上的肥肉向两边横堆，他猛地抱住了宋璎，一下子抱得老高，她的双脚都离地了。

宋璎长这么大都没有怕过谁，自然眼前这景象她也是不怵的，只是被大胖抱着她觉得反胃恶心。

宋璎一把揪住了大胖的耳朵，狠狠地扭着转了个圈，大胖疼得发出杀猪般的惨叫，瞥了眼小瘦子，大声嚷道："还不快过来帮忙？！"

于是大胖和小瘦子就一起跟宋璎扭打了起来，而夕照早已吓得在一旁不停地尖叫。

宋璎在与他们扭打的过程中，还不忘护着有她半截胳膊长的匕首，而令她意外的是，苏豫这时居然出现了。

一早佟秋月发现宋璎不见了，就急匆匆地去找宋瀚学，他们的谈话内容又正巧被苏豫听见，他便带着向严出来寻她。

他们经过巷子时，苏豫听见了宋璎的声音，他立刻跑了过去，正好看到宋璎和两个半大的孩子正在一对二的打架。苏豫上前一把抢起压着宋璎的大胖就一顿猛打，向严也将小瘦子撂了个底朝天。

宋璎终于可以缓口气，但眼前的景象她却看得怔住了。

只见苏豫一个扫堂腿，一个提手上式，再一阵霹雳拳打在大胖肚子上，最后一个偷步下扫，完胜！动作干净利落，一气呵成，让宋璎看得目瞪口呆。

大胖和小瘦子被打得伤痕累累，最终落荒而逃。

从这一刻起，宋璎对苏豫是彻底地刮目相看，原来他以前打不过自己，是因为他并没有真的还手。至于她从前认为的娇滴滴的皇太子，真的打起架来，那气势都跟别人不一样。宋璎总算想明白了，一国太子，是不能轻视的。

"就你一人？"苏豫问。

"我……"宋璎愣了愣，她望向周围，"夕照呢？"

夕照从垃圾堆的后面惊魂未定地走出来："郡主，我在这里。"

向严问："你们为何要偷跑出府？要去哪里？"

夕照道："郡主是去给太子爷买饯别礼了。"

苏豫看向宋璎，只见宋璎随意地从怀中掏出那把匕首，也不看他一眼，就递给他："哪，给你的。"

苏豫接过匕首，盯着宋璎看了好一会儿。

一向大大咧咧的宋璎，此刻却突然扭捏起来，不敢对上他的视线，自然不知道他那时是什么表情。

苏豫道："谢谢你。"

宋璎咧嘴一笑："客气，客气。"

这是苏豫第一次看见宋璎的笑容，多年以后回想起来，还是会情不自禁地勾起唇角。

天翌一十三年。

大漠军营，傍晚，操练场上的一群士兵围成了一堵人墙，人墙里有两个男子正在赤膊比武，士兵们纷纷呐喊助威："殿下！殿下！殿下！"

也有的喊："少将军！少将军！少将军！"

那两人皆出手敏捷，精神抖擞，整个赛局紧张激烈，难分高下。最后，其中一名男子以迅雷不及掩耳之势一拳击出，那拳头在另一名男子的脸边瞬间停住了，然而被拳头带出来的疾风，却是刮出了几米开外，掀起了一阵沙土。

士兵们又是一阵呐喊："殿下胜利！殿下胜利！"

苏豫收回拳头，拍了下李珣的肩膀，这时士兵们也都散了。苏豫一边同李珣去拿衣服，一边笑道："刚才那一拳我要是不及时收住，恐怕你今晚吃饭可就要少一排牙齿了。"

李珣便是士兵们口中的少将军，漠北大将军李正青的独子。自十年前在军营里与苏豫相识，两人便成了一同操练、一同学文、一同上阵杀敌的患难之交。

尤其是三年前的那场北寇九华山之战，当时苏豫虽然身中一箭，但并没有抛下被敌军包围的李珣，二人并肩作战，拼死杀出了重围。当然，那一次二人受的伤也是极重的。

李珣拿大方帕子擦了擦汗，对苏豫调侃道："我那可是让着你，你若真败给我，只怕你太子爷的身份会在众士兵面前下不来台。"

这时有个小士兵走过来禀告："殿下、少将军，李将军请二位去一趟他的营帐。"

苏豫与李珣刚踏进李正青的营帐，李正青就立马迎上苏豫，脑袋低垂，双手恭敬地递上了一卷玉轴圣旨，道："殿下，宫里来圣旨了，皇上召您回京，让您即刻启程。"

苏豫单手拿过圣旨，打开看了一眼："十年了，父皇终于召我回去，却是因文皇后诞辰。"

李正青道："皇上重视殿下，才会将殿下托付给臣。殿下经过这十年的历练，终于能回宫为皇上分忧了。"

李珣喝了一口茶，又拿着一杯茶走过来，将茶递给苏豫，向李正青问道："那我们要一起回去吗？"

李正青点头："此次文皇后四十诞辰，皇上邀请了各个封地的王爷和将军们一同前往宴会庆贺。"

苏豫突然问："那平西王一家呢？"

李正青一怔，缓缓说道："想必平西王一家已经启程了。"

李珣扑哧一笑，伸手搭在苏豫肩上，打趣道："啊，平西王的小郡主，不知十年后长成什么样子了，能令我们太子爷如此朝思暮想心心念念，回京后我一定要去一睹芳容。"

苏豫喊了向严收拾东西，说是今夜就出发。李珣问为何不等明日与大军一同启程。苏豫不作回答，虽然他不说，但李珣也心如明镜。

于是，苏豫与向严还有李珣三人，带了几名士兵先行离开，李正青待第二日一早，才率领着一部分军队前往卫京。

八月初八，宋璎到达卫京的第一个晚上就带着夕照，女扮男装扮作书生模样穿梭于卫京热闹非凡的夜市中。

只见她玉手执纸扇，扇子在她指间翩翩起舞，舞出清风徐徐。虽然一身素衣，但如何也遮盖不了她灵气逼人的超脱气质。

走在夜市，无数少女丝帕掩面，向她投来暗藏爱意的目光，宋璎皆盈盈一笑，更是迷得少女们羞涩难当，恨不得立即掏出爱意绵绵的心交到宋璎手上，任她去摧去毁。

若说宋璎是翩翩佳公子，眼波流转间迷倒万千少女，那么走在她身后不远处的苏豫，就成了少女们心目中的英雄派人物，他身材高大，剑眉星目，周身散发出的冷漠气息让人不敢靠近。

夕照四处张望："郡主，咱们都没知会王爷一声就偷跑出来，会不会不太好？"

"都已经偷跑出来了，回去后反正也是要被念叨的，如果不玩个尽兴岂不亏大了？"

夕照还是有些担心，轻声说："可明日就是文皇后的诞辰了，咱们……"

宋璎打断她："第一，要叫我少爷；第二，不要再提明日晚宴的事情；第三，如果你再不闭嘴，我就不让你跟着了。"

夕照撇了撇嘴："是，少爷。"

虽然她们轻声细语，但宋璎不知，她们的对话早已被听觉灵敏的苏豫尽收耳底。

宋璎在一个挂满了灯笼的摊子前停下步子，只听那中年摊主吆喝着猜灯谜，且猜中有奖。

宋璎上前说道："你不给谜题，让大伙儿猜什么呀？"

这时她身边有一个男子附和了她一句："说得是，老板，谜题拿出来吧！"

宋璎转过头去看他，与苏豫的视线对上的一瞬间，她微微愣怔，而从他的眼神里可以看出，那一刻他也是惊了一下的。

摊主神秘地举起一个写着灯谜的灯笼，大声道："大家都听好了啊！谜题：嫦娥落入寻常家，打一花名。谁能先拿到我手中的花球谁就可以先答。"

摊主刚说开始，宋璎和苏豫便一同

跨步上前伸手，同时抢到了摊主手中的花球。苏豫看了眼宋璎，俯首对她笑道："让给你吧。"

笑话，她宋璎郡主需要别人让吗？

她一扬下巴："不必，谁能抢到就是谁的，否则就辜负了摊主举办这灯谜会的心意了。"

宋璎紧握住花球往自己这边扯，苏豫却只动动手指就轻而易举地把花球又拉了回去，一来二往，摊主愁容满面道："两位爷，两位爷，你们可千万别在小摊前打起来，小人做的都是小本生意啊！"

宋璎的明眸侧目看向摊主："那你说怎么办？"

苏豫却说："这样吧，请摊主倒数三下，我们一起回答，看谁的答案正确，谁就可以得到奖品了。"

宋璎长长的睫毛如蝴蝶的翅膀扑扇了一下，道："好。"

摊主照做，便数了三二一，但不料他俩异口同声地都说是"仙客来"。

奖品是一把做工精致、小巧玲珑的匕首，是极适合随身携带的。那匕首的手柄上刻了凤与凰的图腾，图腾底下刻了一句诗——"入我相思门，知我相思苦，长相思兮长相忆，短相思兮无穷极"。

但它只适合女子把玩。

苏豫拿过匕首，双手恭敬地递在宋璎眼前："君子有谦让之美。"

这把匕首宋璎看了第一眼就很喜欢，但如果这男子是个争强好胜之徒，她就能光明正大地非要这匕首不可，偏偏他如此谦让有礼，倒让她不好意思起来。

于是她也只好谦让地说："君子不夺人所好。"说完宋璎就走了。

不料她才走出几米开外，在一个人不多的地方，苏豫追上来突然握住了她的手。宋璎身子一颤，还未做出反应，手心里就已经躺着那把匕首了。她抬头凝视他，才发现眼前的男子轮廓分明、英俊高大，看着眼熟，但就是想不起来在哪里见过。

这时她见男子从怀里又拿出了一把匕首，那匕首通体墨黑，镶了金丝镂空纹，宋璎惊怔，倏地抬头注视着他，只见他扬起唇角，声音浑厚而充满磁性，道："在下姓苏单字一个豫，敢问姑娘这十年来，过得可好？"

宋璎盯着苏豫发愣失神，一时竟不知该如何作答，唇畔张张合合，最后只道出了一个字："好。"

苏豫笑了，这时宋璎才发现苏豫身后还跟着一个人，那人虽不言不语，却直直地盯着自己傻笑，宋璎斜视他，这肯定是向严了。向严双手抱拳，向宋璎问好，夕照回过神来，也赶紧上前向苏豫行礼。

苏豫朝她摆了摆手："这市集人多眼杂，别行礼了，带你家郡主赶紧回去吧！"

苏豫说完看了一眼宋璎，十年未见，这妮子泼辣的性子倒是褪去了不少。且果然女大十八变，她出落得出尘脱俗，肌肤胜雪，眉目如画。临走前他对她说了八个字："翩若惊鸿，婉若游龙。"之后便带着向严匆匆离开了。

宋璎愣愣地盯着苏豫离去的背影，没想到十年后，他会长得如此高大，看似还十分健壮，想必十年的大漠风沙，将他打磨得更加坚韧出色。 🔷

节选自长篇小说《东宫·繁华沉梦》

温柔的夜晚

文／周杰伦

热闹的夜市里充斥着摊贩的叫卖声，顾客的还价声，孩童的嬉戏声，还有游客的呼唤声。

夜市街口，一群女孩穿着色彩鲜艳的蓬蓬裙，头上戴着大大的鸟羽头冠，随着轻快的节奏扭动身躯，甩动长长的裙摆。

周围的人群也围成一圈，无论是可爱的小朋友还是上了年纪的老伯，大家都欢快地跳着舞，在这里忘记了生活中的各种烦恼，只享受舞蹈带来的无尽快意！

浪子膏带着心艾跳下机车，走入欢乐的人群中。

浪子膏借机拉上心艾的手，从指尖传来的电流瞬间击中了他的心。这是第一次拉起心艾的手，心艾的手纤细、柔软，就像冰激凌，仿佛随时会融化在自己的手中。和心艾一起随着音乐跳舞，看着心艾在自己的面前转着圈，裙摆飞扬，就像童话中的公主，无忧无虑地笑着，甜美的笑容能够打动任何人。

浪子膏也跟着节奏比划着武术的拳脚动作，帅气的招式引得周围的女生尖叫连连："哇，好酷喔！""就是啦，你看他的头巾扎得超有型耶！""他是不是演过什么电影呀？""不管啦，快快给我拍张合照啦！"

一个女生把相机匆匆塞到女伴手里，跑到浪子膏身边，学着浪子膏比划拳脚。"换我了啦！"女伴草草拍完也跑了过去。

心艾看到浪子膏在夜市这样受女生青睐，小小的不悦敲打着内心。哪怕浪子膏不是自己的男朋友，可是喜欢自己的男生被其他女生拍合影，心里还是会有柠檬般酸酸的味道。

她一把拉起浪子膏的手，头也不回地带他离开了跳舞的人群。耳边传来拍合影的女生不满的抱怨："什么人嘛，这样子小气！"心艾回头冷冷地扫了她们一眼，目光中散发着强烈的所有权。

浪子膏见心艾神色中浓郁的醋味，心理暗暗偷笑，看来自己并不是单恋，心艾对自己也有着相应的喜爱。

一群小朋友围着卖气球的大婶，像一群小鸟一样叽叽喳喳地叫着："大婶我要那个兔子的气球！""要超人的！""要公主的！"

大婶笑眯眯地一个一个地递给小朋友，说："不要急，不要急，都有份的！来，这是你要的……"

心艾坐在街边的长椅上，心里有些惆怅，期待浪子膏的柔情甜蜜的哄劝。浪子膏只是指着小朋友们说："心艾，你看，小朋友超可爱喔！"心艾故意别过脸，等待浪子膏更多的甜言和称赞。可是好久都没有听到浪子膏的声音，回头看，却发现人已经不见了踪影！心艾四处张望找寻，找寻浪子膏的身影。身下却突然传来小朋友稚嫩的童声："漂亮姐姐，吃了甜甜的棉花糖做梦都会笑喔！"

一个穿着白色纱裙的小女孩，举着一个大大的棉花糖给了自己一个大大的笑脸。路对面，浪子膏手里拿着一捧纯纯的小雏菊，对着自己露出略带羞涩的微笑。心艾接过小女孩的棉花糖，避开街上来来往往的行人，走到路对面。

"送给你！"浪子膏递过手中的花，

声音有些腼腆。

"好漂亮喔！谢谢你！"心艾接过花束，略微低头轻嗅了一阵花香，开心地对浪子膏笑了。

"走，带你去坐船！"浪子膏带着心艾走向码头。一手抱着小雏菊，一手举着棉花糖的心艾，一颗心仿佛泡在甜甜的蜜里。

码头旁，黑轮、蛋花和阿郎坐在预定的小船上，看见浪子膏和心艾远远地走过来，蛋花连忙站起招手。"浪子膏，这里！""大嫂，这里！"蛋花和阿郎争先恐后地招呼两人。

浪子膏纵身跳上小船，平稳落地，回过身也把心艾从码头上扶下来。"坐好喔，马上带你去更好玩的地方。"

小船划向水中的小岛，小岛上繁荣的夜市深深地吸引了心艾。自从做了演员，心艾就再也没有机会逛夜市了。心艾睁着大大的眼睛东看看西看看，对一切都很好奇，好多东西都那么的有趣。烤鱿鱼、烧鳗鱼、蚵仔煎、小抄手……小摊上响着嗞嗞的声音，冒着腾腾的热气，老板们大声地招呼着客人。

"没来过吧？"浪子膏问心艾。

"什么？"夜市人声鼎沸，各种声音混杂，心艾根本听不清浪子膏的话。

"我是问你，是不是没逛过这么大的夜市？"浪子膏靠近心艾，一字一顿地大声喊道。

心艾看着浪子膏的眼睛，认真地用力点了点头。

"这个水上夜市是加利利最有看头的地方。"浪子膏拉起心艾的手，带她穿梭在人群中，开心地逛着夜市。有阿婆现场手工制作泡菜虾蛋，有现场手打的章鱼丸，还有的摊主表演自己的独门绝技……看着街边五花八门特色精致的小摊，还有摊贩精彩的表演，心艾完全被这热闹的街市吸引了。

蛋花看浪子膏和心艾走在一起，非常的甜蜜，连忙掏出相机，不停地为他们拍下合照。

两人走到一个小摊前，小摊前面围满了看热闹的人。心艾踮着脚向里张望。浪子膏见状走在前面挤出一条路，带心艾来到最前面。映入眼帘的是贩药的小摊，叫卖人口沫横飞地吹嘘着自己的药有奇效。

"各位小哥小弟，各位大叔大伯，在下莫福，莫家祖上十代都是名医，在加利利大名鼎鼎。行医至今，莫氏中医别的病不治，专治腰酸背痛，跌打损伤。莫氏中医医术高超，药到病除，人人满意，用了莫氏的金刚丸，腰酸背痛可以康复，跌打损伤快速复原。莫氏金刚丸继承家传十代心血，治一个好一个，睡前一颗，醒后见效，疗效神奇霸道……"

浪子膏听到这里，不屑地哼了一声：这个卖药的小贩说的真是鬼扯。波爷在中医馆里都没有他吹得离谱，一颗见效，真想把他揍一顿，看他自己吃了莫氏金刚丸能不能快速复原。可是偷瞄身边的心艾，见心艾看得津津有味，被夸张的叫卖词逗得哈哈大笑。

浪子膏无奈地笑笑。心艾真的是单纯的小女孩，夜市里简单的叫卖都能让她这么开心，看得这么入迷。浪子膏深深地陶醉在心艾心中简单的美好里！

"这位小兄弟，吃一颗试试看？"叫卖人突然凑到浪子膏身前，手里捏着一颗莫氏金刚丸。

浪子膏的美好幻想被叫卖人突然地打断，生气地摇了摇头："才没有人吃你这假药！"

叫卖人有些生气地说："你这个小兄弟，怎么能说我们莫氏金刚丸是假药呢？这位小姐，"叫卖人转向心艾，"你评评……哎？你不是那个明星吗？"叫卖人认出心艾，转向大家挥手招呼说："大家来看啊！大明星都来买我们的莫氏金刚丸耶！我们莫氏金刚丸百分百货真价实，大明星都来买喔！"

大家纷纷把目光投向心艾。心艾一时慌乱，惟恐被人认出来，只好微微低头遮掩。

浪子膏见状匆匆地拉着心艾从人群中挤出去，一路听着游客七嘴八舌的议论，看到他们对自己和心艾指指点点："这个女生真的是明星吗？""不知道啦，看上去蛮漂亮的啦！""好像是喔，很眼熟。""嗯嗯，好像在电视剧里见过的。""哎！好像是心艾耶！""对对对，就是她就是她，快找她一起合照啦！""他旁边那个穷小子是谁啊？""谁知道，看着好像是保镖啦！"

两个人一边向外走，心艾一边从包中拿出小外套遮着口鼻。

好不容易从人群中挤出来，浪子膏环视四周，观察是不是还有人跟着拍照，恰好发现了一个卖太阳眼镜的摊贩。"你在这里乖乖等我喔，我去去就来！"浪子膏拍拍心艾的双肩，跑入了熙熙攘攘的人群。心艾不知道浪子膏要去做什么，想跟去又怕被别人认出来，只好在原地等他回来。

"老板，哪个给女生戴会比较好看？"浪子膏挑了好几副太阳镜都觉得不满意。

"给女朋友买太阳眼镜啊？那要看你女朋友的脸型喔！这种宽边的圆形太阳眼镜比较适合……"

"我女朋友脸型很正啦，和大明星一样！"浪子膏打断摊主喋喋不休地介绍，颇为自豪地说。

"大明星？大明星……"摊主一边念一边在一堆太阳镜中挑挑拣拣，"喏，就是这样的咯，大明星都喜欢这样的，戴上都不怕狗仔拍到！"

浪子膏回到心艾身边，神秘兮兮地对心艾说："好啦！站在这里不要动喔！"说完，把空空的右手伸到心艾的脑后，像变魔术一样，口中说了声"叮叮"，又把右手摊开在心艾面前，一副太阳眼镜静静地躺在手中。

心艾惊奇地用双手捂住嘴巴，浪子膏小心翼翼地展开镜架，给心艾戴上。"你看，这样就不会被人认出来咯！"说完又从口袋里掏出一个情侣款的男式太阳镜给自己戴上。

"噗！"心艾看到带上太阳眼镜耍酷的浪子膏，不由自主地笑出声来。"好大牌喔！大明星浪子膏，你要小心狗仔喔！"

浪子膏不屑地甩了甩头："我才不担心他们，要是惹我不高兴，喔！"浪子膏亮出功夫招式，"我就对他们不客气！"

心艾被浪子膏夸张的动作和表情逗得大笑起来。和浪子膏在一起，总能感受到简单而美好的快乐。无论发生什么事，对浪子膏来说都不是问题。

"来，看这里！"浪子膏甩出自恋相机，贴近心艾拍下两个人戴太阳眼镜的合照。

夜市里依旧热热闹闹，刚刚围着心艾指指点点的人们也都四散而去。心艾一眼就看到了夜市里的风车，五彩缤纷的纸张经过风车摊主灵巧双手的打造，很快就制成了一个漂亮的风车。风车在徐徐夜风的吹动下，旋转出彩色的圈圈，非常好看。

"以前没玩过风车吗？"浪子膏没想到心艾这样好奇。"嗯……我还是很小很小的时候玩过风车。那年我过生日，妈妈带我出门玩，给我扎上漂亮的蝴蝶结，带我去买漂亮裙子，然后带我去游乐场。我想要什么，妈妈都会满足我，冰激凌、气球、风车……还带我坐旋转木马、云霄飞车……那天玩得好开心！晚上回家，妈妈哄我睡下，我说妈妈我还想去游乐场。妈妈说，好，以后每天都去……"说到这里，心艾的声音有些哽咽。浪子膏猜到，一定发生了什么让心艾痛心的事情。

"老板，麻烦你！"浪子膏指着最大的那个风车对摊主说。

"好嘞！这个是最漂亮的喔，用了十几张彩色纸才做出这么漂亮的颜色。小姐，你男朋友真有眼光耶！挑女朋友挑风车，都是一等一的哟！"

心艾害羞地笑了笑，接过风车，鼓起嘴巴用力吹了一口气，风车旋转出美丽的弧线。浪子膏看着彩色的风车映衬着心艾白皙的脸庞，立即拿出相机摁下了快门。

"浪子膏！大嫂！"远处传来黑轮、蛋花和阿郎的喊叫声："走了啦，我们去那边逛一逛！那边还有好多有趣的东西喔！一起去玩！"

"走吧，我们去情人湖那边再看看！"浪子膏拉着心艾的手，走向黑轮、蛋花和阿郎。

为什么叫情人湖，恐怕没人说得清楚，只知道每当夜幕降临的时候，湖边就挤满了谈情说爱的情侣，久而久之，这里就被称为"情人湖"了。不过，还有一个传说，说这里最初只是一片荒芜的湖泊，后来有一对恋人，因各种原因的阻扰未能喜结连理，于是两人就约定好一起投湖，生不能在一起，死就死在

一处。当地人为了表达对他们坚贞不渝爱情的纪念，便把这个湖叫作"情人湖"。

心艾问道："为什么不叫爱情湖？"

浪子膏也不知道，但忽然灵机一动，解释说："因为最终他们没有结合在一起啊，仅是以情人的身份投湖，所以叫'情人湖'啦！"

这句话，让心艾陷入了无限的遐想，她有一种不祥的预感，像一层挥之不去的迷雾，笼罩在心头。

"你怎么了？"浪子膏见她心事重重的样子，问道。

"啊？"如同被惊醒了一般，心艾回过神来。她打起精神，回道："没什么了啦！"说着冲浪子膏笑笑。

情人湖边也十分热闹。心艾兴致勃勃地来到一处鱼摊前，停住了脚步。浪子膏也陪伴在她身边。心艾蹲下身子，看着缸里游来游去的鱼，心中有种难以遏制的激动。她兴奋地拉住浪子膏，开心地喊道："看，快来看！鱼是活的！"

坐在一旁的大叔，抽完最后一袋烟，慢悠悠地把烟囊一圈一圈地缠在烟杆上，然后别在身后。一副泰然自若的表情，说道："刚打上来的啦！"

看着心艾专注而又羡慕的眼神，浪子膏知道心艾很喜欢，便冲着大叔说：

"大叔，拿两只网子！"

大叔一见他眼生，便问道："年轻人，你们是第一次来情人湖吧？二位有所不知，我们这里有个传统，只要情人捞到一对鱼，放入情人湖里，两人的爱情就会得到祝福，从此幸福一生。"

"哦……是这样子喔！不过，大叔说的都是真的吗？"浪子膏还是有些不确信。

大叔被人怀疑，脸上显出了不高兴的神色"我这一把年纪，何必要骗你们呢！你看这大缸中的鱼，少说也有几百条。它们的生命中只有彼此抢夺食物，却不会珍惜身边人。但捞鱼的人就是它们的命运之神，将它们捞出来放在一起，然后放入广阔的湖里，从此它们就相依为命，彼此珍惜了。"

心艾听得入了迷，已经完全沉浸在幸福的湖波中了。

"那全部倒进湖里就好了啦！"浪子膏摆出玩世不恭的样子。

大叔听罢，把脸一沉，不耐烦地说："去去去，都倒进去，你诚心捣乱不是吗？"说着又从身后掏出烟袋，装了满满一锅烟，又自顾自地抽起来。

此时，心艾的心里只有幸福，其他的事情，她是看不到的。她拉着浪子膏，好奇地问："你说，如果一起捞的人……"她偷偷地瞄了眼浪子膏，又接着问道："……不是情人，而是朋友……会怎么样？"

大叔在一旁没好气地说："当然会变成情侣咯！"

心艾一听，眼角眉梢堆着笑意，浪子膏也是满面春风。这时，大叔才猜透了他们之间的关系。于是，大叔收起了不悦，笑呵呵地说："网一对啦！情人湖很灵验的喔！"说完就悄悄向浪子膏递了个眼色。

心艾取过网，向缸中伸了进去。缸里的鱼儿，受到惊吓，倏地散开了。

心艾接连试了几次，都没有成功。浪子膏就伸出一只手和她一起握住渔网的手柄。心艾被他这突然的举动吓了一跳，心不由地紧了一下。她悄悄望了一眼浪子膏，见他只是专注地看着缸中的鱼，紧张的心情这才放松下来，但心头却也涌上一阵小小的失望。

这一刻，浪子膏多么地希望心艾就是那鱼缸中的鱼，能够顺利地被自己网到。🐟

节选自长篇小说《天台》

IT ROCKS

他只穿着一身普通的白色长衫，一双夺目的紫眼
睛如宝石魅惑，月光洒在他俊美绝伦
的容颜上，只觉天日之表。

——海飘雪

崔老道谢天狗

文 / 天下霸唱

摄 / 周 捷

1

　　老早以前，还有皇上的时候，北京城九座城门各有一个镇物。阜成门的镇物，是个刻在瓮城门洞左壁上的梅花。因为阜成门运煤的多，城下住的全是煤黑子，很多拉骆驼的苦力也在那儿住，没几处像样儿的屋子，净是"篱笆灯"。篱笆灯可不是灯，穷人住不起砖瓦房，竖几根木头柱子，搭上大梁，挑起个架子，屋顶铺草席子，秫秸杆儿涂上白灰当墙，人住在里边，这叫"篱笆灯"。

　　穷苦力住的"篱笆灯"当中，有个摆卦摊儿的。算卦的先生三十出头，本是传了多少代的财主，积祖开下三个当铺，一个当古董字画，一个当金珠宝玉，一个当绫罗绸缎，可是传到他这儿落败了，万贯家财散尽，携儿带女在京城卖卦，凭胸中见识对付口饭吃。

　　在他对面，是个补靴的皮匠，三十上下的年岁，脸上是虎相，老家在山西，拉了一屁股的饥荒，迫不得已到北京城搬煤，连带缝鞋补靴，成天起早贪黑，舍不得吃舍不得穿，打算存几个钱，给老婆孩子捎回去。

算卦的心眼儿好，见皮匠无依无靠，赶上阴天下雨摆不了摊儿，总让皮匠到他家吃饭过夜，一来二去，两个人有了交情。

有这么一天，皮匠从他老乡手中得了一件宝物。他那位老乡是个掘坟扒墓的贼，前不久掘出一个翠玉扳指，溜光碧绿。满清王公贵族骑马射箭，手上都有扳指，一般人可用不起。东西是好东西，又急等用钱，有几个钱好出逃，可是天子脚下，王法当前，谁不怕吃官司？一时找不到买主，只好来问同乡。

皮匠以为有机可乘，拿出辛辛苦苦攒了三年的血汗钱，换了这个扳指。他也不摆摊儿了，一路跑来找算卦的。关上大门，他让算卦的点上灯烛，从怀中掏出个一个布包，里外裹了三层，一层一层揭开，一边揭开布包一边说："我一个臭皮匠，在北京城举目无亲，多亏老兄你看得起我，一向没少关照，正不知如何报答，天让我撞上大运，从盗墓贼手上得了一个扳指。这个东西了不得，满清十大珍宝之一，老罕王统率八旗军进关，一马三箭定天下，扣弦用的扳指！"

算卦的吓了一跳，从墓中盗出当朝王公的陪葬珍宝非同小可，须知皮肉有情，王法无情，北京城中做公的最多，万一让眼明手快的拿住，那可是全家抄斩的罪过！不过在烛光底下，往打开的布包中看了一看，他倒放心了，对皮匠说："你啊，赶紧出去买块冰，镇上它！"

皮匠直纳闷儿："怎么个意思？要冰干什么？"

算卦的说："买打眼了，冰糖做的，不拿冰镇上，不怕化了？"

北京城到处是"撂跤货"，纵然是活神仙，你也保不齐看走了眼，以为捡着了便宜，到头来只是吃亏上当。皮匠挣了三年的钱全没了，他为人心窄，出去跳了护城河。

2

算卦的追上去，找人借来挠钩，将他拽上河，好说歹说一通劝，又拿了几贯钱给他，罢了他寻死的念头。转眼进了腊月，皮匠拜别算卦的，回老家过年去了。再说算卦的买卖也不好做，听说山西的布又结实又便宜，想去进一批布，趁年底多挣几个钱，打定主意，他也带上盘缠去了山西。

岂知官军平寇，赶上打仗，耽搁了十来天，半路又撞见乱军，他慌不择路躲进荒山，走了几天不见道路。说话到年三十儿了，但见铅云密布，朔风一吹，漫天飞雪，山峦重叠，旷无人迹。算卦的又冷又饿，走也走不动了，以为要冻死在这儿，却见风雪中有个破瓦寒窑，可能住了人家，隐约透出灯火。他见了活路，抢步上前叫门。屋门一开出来个人，万没料到，住在这儿的竟是那个皮匠。

　　皮匠见是算卦先生，一脸饥寒之色，忙将他让进屋，烧了热汤给他喝下，算卦的这才还阳。二人说起别来情由，各自唏嘘不已。皮匠叫出老婆孩子给恩公叩头，他老婆是一般的乡下女子，粗手大脚，不会说场面话。孩子大约七八岁，长得虎头虎脑的，小名虎娃，见了生人也不好意思开口。

　　算卦的一路逃到这里，带的东西全没了，一摸身上还有一小块碎银子，北京人讲究礼数，过年见了小辈儿，总要给几个压岁钱。算卦的没有别的东西，拿出这块银子给虎娃，虎娃摇头不要。

　　算卦的对皮匠说："你看你这孩子，多大的规矩，我给他银子还不要。"

　　皮匠告诉虎娃："你叔又不是外人，给你银子你拿了也罢。"

　　虎娃仍是摇头，不肯伸手接银子。

　　皮匠说："你娃没见过，不了解这是啥，这叫银子！"

　　虎娃说："这东西有得是，我要它干啥？"

　　皮匠说："憨娃，啥话都说，如若有得是银子，你爹和你叔还受什么穷？"

　　虎娃说："真有许多，前几天上山捡柴，见到一个山洞，里边全是这东西。"

　　皮匠和算卦的半信半疑，当天吃罢晚饭，安歇无话。

　　转过天来，风雪住了，皮匠让虎娃带他们俩去看。打村后上山，逶迤行至一处，见那半山腰上，埋了一块石碑，由于年代久远，石碑当中已经裂开，周围长出了蒿草，遮挡得严严实实。

　　虎娃拨开乱草，下边是个墓穴。皮匠让虎娃等在外边，他和算卦的二人，点起火烛，拎了柴刀，一前一后进去，举火一照，石碑内侧有字——"遇虎而开，有龙则兴"。二人你看看我，我看看你，均是作声不得。

　　又见四个躺箱，箱盖半开，抚去尘土，里边放得满满当当，全是金银元宝、明珠拱璧，看得二人眼都直了。墓穴中并无棺材，仅有一具枯骨散落在石台之上，不知是何许人也，旁边摆了一个皮匣子，积满了灰尘。

二人望枯骨拜了几拜，上前打开皮匣子，匣中是一卷古书，页册陈黄，残破不堪。

皮匠认不了几个大字，只顾去看躺箱中的金银，他对算卦的说："天让我父子俩发财，当初不是老兄你救我，可不会有我的今天，四箱金银，应该你我二人均分。"

算卦的一抬头，借烛光看见皮匠的脸，分明是只恶虎，要吃人似的。

3

算卦的是明白人，常言道"说话听声儿，锣鼓听音儿"，皮匠话里话外的意思，他可全听出来了。算卦的心中一掉个儿，忙说："老弟你这是什么话，不是你收留，我也在山上冻死了，所以说你不欠我的。既是你儿子找到的古墓，里边的东西，都是你家的，命该如此，岂可由人计较。"

皮匠再三说要平分："多少你也得拿几个，不拿你是看不起我。"

算卦的只好说："干脆这么着，四箱金银全是你的，匣中一卷古书给我。"

皮匠问他："书中有撒豆成兵的道法不成？"

算卦的在烛光下翻了一翻，尽是寻龙之术，看来古墓中枯骨，生前是位"端公"，当地一直有"端公"的传说，端公等同于有道的真人，说白了叫"端公"，明晓八卦，暗通阴阳，有寻龙之术。

皮匠没见识，他是"井底之蛙，所见不大；萤烛之光，其亮不远"，一看不是神通道法，他也不打算要了，正好分给算卦的。古墓中出来的东西，怎么说也犯王法，分给算卦的一份，不至于给他说出去，他落得安心。

二人说定了，又对端公拜了三拜，掩埋枯骨，搬取四箱金银下山。那会儿说的躺箱，乃是乡下放在炕上的大箱子，一头齐炕沿儿，一头顶到后墙，装得下两个大人，装满了金银，直接搬可搬不动，俩人一包袱一包袱往下背，背了好几天才背完。

算卦的不敢久留，别过皮匠，连夜上路。回到阜成门外，他心里还在后怕。他是宅门儿出身，老娘生他之时，梦中有虎来夺，未卜吉凶，因此他单名喆，字是"遇虎"，石碑上刻的前半句"遇虎而开",指的不是他又是谁?他也看出皮匠是什么人了,穷的时候怎么都行,这样的人你别让他看见钱,见财起意,没有干不出来的事儿。

回去之后,他仍在阜成门算卦,没买卖的时候,他翻看古书,一字一句暗记在心,末页仅有四句:"要寻真龙观真形,阴阳卦数胸中藏。六十四卦无从认,只恐寻龙到此穷……"下边有分金卦图,又盖了一方官印,两行字"天官赐福,百无禁忌"。

他是有慧根的人,别人看不明白卦图,他拿到手中,一目了然,可也不知寻龙之术的来头。打这儿之后,他不光算卦了,还给别人看风水,说得上阴阳有准,在北京城的名头不小。

怎知有这么一天,皮匠又来找算卦的,说是发财之后,活人该有的他都有了,说不尽有许多快活,又想起了列祖列宗,不仅要造祠堂,还要迁动祖坟中的棺材,来请算卦的给他找块风水宝地。

算卦的听外边人说"皮匠为富不仁,贪得无厌",不打算再同此人往来了,可又惹不起这位。他沉吟半晌,说道:"一分宝地一分福,福分不够占不住。无福之人,祖坟埋在什么地方也没用。你可想好了,如若当真要动祖坟,将来你还得多行仁义。不必远寻,你们县城东边的山就是条龙脉,迎神避鬼,坟不定穴。你迁出棺材不要妄动,按我说的时辰抬棺出去,只管往山上走,几时抬棺的绳子断了,棺材落地之处,即是龙穴!"

4

皮匠问算卦的要了时辰,回去准备,抬出祖坟中的棺材,供入祠堂。迁坟动土,相当于二次出殡。他财大气粗,为了摆这个排场,提前将吃白饭的都找齐了。祠堂前搭棚、念经、做道场,请来名馆"聚合顺"置办丧席,一摆几十桌,流水的席面儿,换人不换席,哪怕不相干的人,只要进棚磕两个头,上了桌可以随意吃喝。又找来一百多和尚、老道,还有尼姑、喇嘛,念五捧大经,开水陆全堂的法会。

二次出殡,前后折腾了一百多天,按说好的时辰抬棺出城。老例儿讲究"换坟不换棺",棺材不能打开,以免惊动先祖,只做了一个大棺罩,佩以云纹海饰,抬金边走金线，再坠上金穗，要多气派有多气派。当时抬棺罩，六十四个杠夫抬已经很可观了，他让用双杠，一百五十个杠子手轮换抬棺。道队前边开路的是旗锣伞盖、金瓜斧钺朝天镫，又有两列吹鼓手，不多不少一百零八个童男童女，个个手捧香炉，香烟缭绕。

再后边是打丧谱的，以前常说"摆谱"，那位问了："谱是什么玩意儿？"近似官员出巡队伍中打的木牌，上写"肃静、回避"，还有官衔之类，俗称"官谱"，也叫官架子。丧谱是彩谱，木头牌子涂了金粉，两旁挂有灯笼穗子，上写姓名、道号、生辰，以及诰命归天的时日。在以前来说，有道号可以升天，他祖上一个比一个穷，仅他祖父有口棺材，其余的全扔在荒山喂了野狗，大名都没有，哪有什么道号，这也是后来使了钱请人封的。

千八百人的道队前呼后拥，抬上大棺罩，出了县城往东走，大张旗鼓，威风抖了一地。

县城东门外是座山，没有多高，山势平稳。道队将棺材抬到山坡上，忽见抬棺的绳子断了，当即挖个坟穴，埋下棺材。应了阴阳风水中那句话"有地非人不下，有人非时不下"。这句话怎么说？有了风水宝地，没合适的人埋不得。有了合适的人，没有合适的时辰也埋不得。

合该皮匠有这个时运，他祖坟的形势真是厉害，不是明眼人看不出来。会看的人可以看出，县城东边的山如同一个座椅，正对县城东门。县城有如一张摆开的供桌，老百姓在家生火做饭，等于是给他祖上这个坟头上供。一年到头，没有一天没供奉。在风水上来说，正好凑成了一个形势，这叫"日享千桌供，夜受万盏灯"。

书要简言，打从皮匠迁了祖坟，他算走了大运，干什么都发财，不单走财运，他还官运亨通，真得说是平步青云。到后来，他儿子也当了官，大请大受，飞黄腾达。

可是俗话说得好——"老猫房上睡，一辈传一辈"，他这份贪心也往下传，他儿子比他还贪，钱越多越贪，心也越黑，转目忘恩，欺上瞒下，残害良善。爷儿俩担心祖坟风水让人破了，定下一计，要斩草除根。命手下人请来算卦的，去老家祠堂看风水，半路打了一闷棍，绑在一块大石头上，扔进了黄河。

5

算卦的出去之前一再叮嘱妻儿："他们这次找我，只怕凶多吉少。不是我给别人指点龙脉，不至于有这杀身之祸，我自作自受，并无怨言。你们赶紧躲到乡下去，我的后人不准再吃看风水这碗饭，也不必给我报仇，不出三五年，仇家必有天报。"

不出他所言，三年过后，县城东边的城墙，年久塌毁，堵上了城门，那个地方很穷，官面儿上拿不出银子造城，好在东边全是山，没什么人往来，其余三座城门够用了，东门堵死了也不理会。

城门这一堵死，阻住了供奉，皮匠家势一落千丈，人坐在屋里觉得喘不过气，他和他儿子的官运也到头了，问了个欺君犯上的罪名，又从他府上搜出了龙袍，那可说不得了，全家抄斩，祖坟都给平了。

至于算卦的的后人，一直住在乡下，家里边再穷，也没给人找过龙脉——白家老祖先有这么个传说。传到白半拉那辈儿，手上还有这卷古书，没舍得扔掉。白半拉有个结拜兄弟，人称"瞎老义"，师从打神鞭，他师爷金算盘，师祖张三太爷，全是赫赫有名的摸金校尉，论起倒斗的勾当，没有他不会的。不过瞎老义眼神儿不行，大白天出门，他也能撞上墙，吃不了这碗饭。

瞎老义跟白半拉说："你先祖传下的这叫'六十四卦阴阳风水秘术'，又叫寻龙诀，可不是江湖上给人看阴阳风水的手本，此乃发丘摸金之秘诀，我师祖张三太爷传下的也不如你这个全，那才十六字应十六卦，这可是六十四卦应六十四字。如今到了你手上，岂可使之埋没俗尘？阴间取宝的勾当一个人不成，非有三五个好汉方才做得，多也无用。你上我这儿入伙，凭你我二人的胆识和本领，出入阴阳，如履平地！"

白半拉那会儿穷得快揭不开锅了，任凭瞎老义死说活劝，他也没动心。不是不想发财，也不是没有那个胆子，为什么呢？那要往前说了，当初他十来岁，还是个小半拉子，无亲无故，逃荒到辽河边上，替东家放牛为生。

当地管半大小子叫小半拉子，意思是干半拉活、吃半拉饭。他这个东家，虽说不是大地主，但也有几垧地、两头牛和几匹骡马，找个小半拉子，让他白天放牛，夜里给牲口喂草料，管他一天两顿饭，上半晌吃干，下半晌喝稀。

东家住一个场院，土坯屋子土坯墙。西首紧挨一座镇河殿，殿中供的是龙王爷，久无香火，挂满了尘土蛛网，外边檐脊塌了一半。殿宇虽然破败，可是传说这里头有仙家。

东家是外来户，不信那套，又要占便宜，扩大场院之时，他借镇河殿后墙接出两间土坯房。殿墙是砖墙，土坯房是土墙，三面土墙接一面砖墙。反正不住人，当成个柴房，他也不怕塌了。

柴房前做了个鸡窝，养一窝鸡，天天下蛋。东家一天光捡鸡蛋，也有二十来个。柴房角落有口大瓮，鸡蛋放在里边。怕有野狸来吃，瓮上放了盖子，又拿石头压上。可煞作怪，转天去看，瓮中的鸡蛋全不见了，只留下几片空蛋壳。

节选自电影原著小说《寻龙诀之黄金帝国》

睡 美 人

文／海飘雪

摄／周 捷　海飘雪

1

真怀念上海。我猫在阁楼的沙发里，透过老虎窗，抬头看看灰暗的天空，郁闷地叹了一口气。

可惜此时的上海被日本人占领，兵荒马乱，无法居住。我们只好举家逃到这个荒僻的弄堂。

我想念凯斯令的蛋糕，红房子的罗松汤，可这里别说是新鲜的 Cheese，就连像样的调料也买不到。

我环顾四周狭小的空间，墙上高挂着一块老旧退色的绸布幡，那是我家祖传的神幡，上面缀满了紫色石头组成的诡异图案，落满了尘埃。左边架子上两个布满灰尘的圆腰糖缸，缸口系着退了色的红丝绳，不由无限感概，这原本是我多次向同学们炫耀的地方，俗话说得好，穷人吃盐，富人吃糖，可惜如今里面早已是空空如也，恁赵叔再好的手艺，所有的菜做出来全是一个味道，又咸又涩又苦。

"姐姐，"妹妹花妮怯怯地对我唤着，"我想听故事。"

她每晚都要听故事，眼见夜色渐沉，她早早就歪在枕边等我了。

"为了唤醒王宫里沉睡的玫瑰公主，王子穿过树篱，找到并吻醒了公主。所有的人都醒过来了，一切都恢复了往日的模样。王子和公主举行了盛大婚礼，幸福地生活在一起。"

念完《睡美人》，我慢慢关上书页，长长地舒了一口气。

"然后呢？"趴在我膝上的花妮抬起冲天辫的脑袋，充满希冀地问道，"后来呢，王子有没有离开公主？"

"当然没有啦，他们幸福快乐地生活在一起，白头到老。"我摸摸花妮的两只辫子解释道。她显然对这个答案很满意，笑弯了一双杏仁眼儿，然后伸了一个小懒腰，跑到老虎窗台前的沙发椅上，看着窗外的景色，一边甩着两条小腿。

"姐姐，我想出去玩。"她小声央求。

我把头伸向窗外，凛冽的寒风呼啸着吹来，老虎窗噼里啪啦作响，弄堂里家家户户的门窗都紧紧闭着。

"今天外面有台风，明天去吧。"

这时弟弟小黑猫着腰走进来，揪了一下花妮的冲天辫，两个小孩便叽叽呱呱地斗起了嘴，我也不觉吵闹，抽出一本张爱玲的《小团圆》，在油灯下仔细看了起来。

这时外面进来了一位女鬼。哦！不，是我妈妈，她骨瘦如柴的娇躯穿着一件墨绿色的乔琪纱旗袍，她的脸上涂了一层厚厚的粉，面色比白纸还要惨白，双颊上颧骨高高的，还涂了一圈红红的胭脂。

这世上最可怕的就是明明化妆技术糟糕，偏偏还特别喜欢化。

可是，来这以前她从不化妆。

妈妈和爸爸都是圣玛利亚女中的老师，一个教国文，一个教音乐，可惜战争年代，学校也未能提供他们任何庇佑。逃到这里后，她天天担惊受怕，变得越来越敏感多疑，妆化得越来越浓也越来越神经质，总是担心有人会闯进来伤害我们。

"你们不要吵姐姐睡觉。"她不悦地瞪着花妮和小黑，他们俩立刻害怕地站在角落里，一声不响地看着我们。

我觉得她对弟弟妹妹们太过严厉了，正要开口，她向我递来装上炭的黄铜雕花熏炉，我的双手立时感到一片温暖，轻轻摩挲着本已亮澄澄的熏炉，对她莞尔一笑："谢谢妈妈。"

她的双手掏出一块红纱绢头，放在胸前紧握着，甚至有些奇怪地颤抖，像电影里正在演戏的阮玲玉："你快点去休息吧，不要老是爬起来，影响我们的休息。"

是啊，在这里，我大部分时间就是睡觉，今天也不能出去，只有睡了。

妈妈照例睁大了充满血丝的眼睛，像死鱼一样地死死地盯着天空，我毛骨悚然地想着她会不会把眼珠子给瞪出来。她总是希望快天亮，因为她老是担心日本人会在她睡梦中闯进来。

可惜天没有亮起来，而是渐渐暗了，妈妈掏出怀表，快速地看了一眼："天黑了，今天是陈叔守夜，花妮和小黑会守着你，马上就会天亮的。"

"妈妈，陪我……"我刚想让她陪我睡，她却崩着那张惨白的脸踩着高跟鞋噔噔噔地走了下去。

我很担心她走得这样快，会在仄逼的楼梯上崴了高跟鞋。

入夜，小黑和花妮趴在地辅上睡得死死的，我却怎么也睡不着。

我偷偷地爬了起来，走在空空的弄堂里，经过甲子弄里的废井，满是锈斑的铁皮井盖下，隐隐地传出细微的呜呜，好像是陷阱里的野兽被兽夹夹得血肉模糊，却挣脱不得的令人窒息的吼叫声，我心中害怕，不由加快脚步，来到弄堂的小花园。

一轮缺月隐在灰灰的云朵后面，辩不清颜色，只能隐约有血色涌入眼帘，四周灰蒙蒙的一片，一如既望地看不清远方的景色。

周围静得没有一点点声音，一片死寂。

直到耳边飘来一缕琴音，在僻静而空旷的弄堂里缭绕，如幽谷的溪水潺潺流过我的心底。

我多久没有听到乐声了？我郑氏自古便是宫庭乐师之世家，爸爸乃是当世的古琴大家，几个叔伯也都是当代古乐名师，我自小便学习古琴，以前我在圣玛利亚女中读书的时候，选修课有钢琴、烹饪和刺绣，我独独选了钢琴，在学校里我是出了名的音乐公主，可我还是对民族乐器情有独钟。离开上海太突然了，那天爸爸忽然被日本宪兵队带走，陈叔把在睡梦中的我和妈妈叫醒，大家匆匆忙忙地离开了公寓，钢琴太大了没来得及弄走，连古筝也不行，我只匆匆取了一管爸爸平时吹奏的长管楠竹笛。

这么美丽的古琴之声，我还是第一次听到，比爸爸弹得都好听，要是手头有一管长笛来合，那将是人生多么快意的事。

可惜，我出来得匆忙，身上只披了件真丝红睡袍，脚上勾了一双红色的真丝拖鞋。我循着琴声走去，那琴声越来越清晰，我的脚步也越来越快。

我气喘吁吁地来到骑楼下面，最后一个尾音戛然而止，再过去就是锈迹斑驳的大铁门，透过大铁门，是一片黑暗的旷野。那里什么也没有，真奇怪，可是那声音明明就是从大铁门外传来的。

会是妈妈害怕的日本人吗？可是我听过留声机里的日本曲子，和我们的曲风完全不一样。

浔阳地僻无音乐，终岁不闻丝竹声。
住近湓江地低湿，黄芦苦竹绕宅生。
其间旦暮闻何物，杜鹃啼血猿哀鸣。

我在这个可怕的弄堂里已经待了整整七年了，大家都怕声音太大会引来日本人，所以我从来不敢弹曲或是吹笛，我几乎忘记了那风花雪月的世界曾经有多么美丽的声音。

春江花朝秋月夜，往往取酒还独倾。
岂无山歌与村笛，呕哑嘲哳难为听。
今夜闻君琵琶语，如听仙乐耳暂明。

我被这首曲子给迷住了，一整天都抱着花妮在哼着曲调，总觉得当中有一段好像缺了，花妮老是用手抓耳朵说："姐姐在唱什么？花妮听得耳朵痒。"

今天的天气非常好，久不见的太阳钻出云层，照得整个弄堂暖洋洋的，家家户户都把被子衣物晒出来，弄堂口也站着许久不见的那三位花白头发的老师傅，一位锁匠，一位表匠，一位做衣服的裁缝，三人鼻子上戴着一模一样的黑框眼镜，手肘上都套着厚厚的袖套，在不紧不慢地做着活儿。

我抱着花妮过去，表匠笑眯眯地同我打招呼："玫玫，带花妮散步啊？"

我点点头，飞跑过来的小黑警觉地盯着三位老师傅："姐姐，妈妈说了，不要靠近他们。"

锁匠也笑眯眯道："花妮，又想来偷钥匙吗？"

花妮扭过头，埋在我肩上，不让人看见脸上表情，我便戳她小脑袋："你又使坏了吧？"想来这小家伙也是被关在这弄堂太久，想出去看看吧。

裁缝依旧笑得看不见眼睛："要不要给小黑做件衣服，膝盖又磨破了。"

我这才发现小黑的膝盖又是一块坑，正准备同意裁缝的提议，小黑却把头摇得像拨浪鼓一样，对着三位老师傅学狗凶恶地汪汪了两声，然后反方向逃回去。

入夜，众人都歇下了，我竖起耳朵，等了许久，却没有听到那首曲子，我惆怅地爬起来，套上常穿的玫红旗袍，取了长笛，走下小阁楼，小黑担心地跟在后面问："姐姐要到哪里去，妈妈说晚上不能出去。"

我没有理会他，慢吞吞地来到骑楼，等了半天，没有任何动静，正要回去，耳边又传来了昨天的乐曲，我一下子振奋起来。不知什么时候，花妮穿着花裙子，抱着娃娃也站在我身后，怯怯地说道："姐姐，花妮害怕，我们还是回去吧。"

可是那琴声是这样好听，我又忍不住向前踏了一步，闭上眼静静聆听，这回我听清楚了，果然还是到第一段结束，就停了下来，然后换了第三段，这段曲子当中缺一段。

我跟着音乐一路跑到弄堂口，见到那三个老师傅正一字排开站在月光下，守在铁门口。

"三位伯伯，你们有没有听到琴声？"我兴奋道，"昨天也有。"

"玫玫，这扇门不能轻易打开，"锁匠叹了一口气，"弄堂口一旦打开，日本人会发现这里的。"

"玫玫，时间不对，还是回去吧，"表匠也叹了一口，"日本人会发现这里的。"

他们果然听到了。我抑制不住心里的激动，脱口而出："这是一首旷世绝曲啊！可惜中间缺了一段。"

裁缝忽然从阴影里走了出来，来到那二个中间，对我神秘一笑。我以为他会像其他两个伯伯一样告诫我"日本人会发现这里"，而他说的却不是这些。

"如果你敢去见这个操琴之人，就不要怕被人发现这里，一切都是你的选择。"

表匠和锁匠看了裁缝一眼，静默地看着我。

2

我已经记不清这样的日子过了多少年，那声音就好像流进坟墓的甘泉一样，可是这三位伯伯说的也是真的，钥匙在妈妈手中。因为我们在这里待得太久了，妈妈说锁已经生锈，就算有钥匙，也打不开了，但她很高兴，认为这样我们就会更安全。

我满怀不甘，听着那优美而悲伤的曲子，吹起长笛，与之相合。

奇怪，为什么我的曲子全是变调的？

一定是太久不吹，笛子没调好。可是无论我用任何曲调，都无法使笛子调整好。吹出的全是变调的乐声，那人的琴声不停地在重复，似在陪我练习，花妮捂着耳朵，痛苦地跑开了，三位守门的师傅也皱着眉头摇摇头，慢慢走开。

因为我的走音而无法继续下去，那人的兴致似是被打断了，琴声停了下来，我却急得流下了眼泪，滴滴落到长笛上。

没一会儿，琴声再起，平和柔婉，像是在安慰急躁的我，我也平静下来。又过了一会儿，那首神秘而动人的曲子再起，不过体贴地升了八度，可以和着我的笛声了。

一曲终了，我感动地热泪盈眶。以前爸爸常言士为知己者死，伯牙为钟子期断琴，如今我的心绪，正如钟子期一般。不久，那人的琴声，从断掉的第二段开始，在反复重复，好像试图在谱曲，但怎么也连贯不下去。

我凝神细听，不知不觉地蹲下来，拿了一块石头，帮着一起谱曲，那三位老师傅又站在我身后，但是我已经无暇顾及了，他们的影子在地上似轻轻地摇了摇头，然后又消失了。

天快亮了，我却只谱到一半。

对方弹了一曲《折杨柳》同我道别，琴音轻柔轻松，似在安慰我，我回奏他一曲《后会有期》。

我头一次大白天地回去睡了一觉。

第三天晚上，我再一次来到弄堂口，这一夜，我终于谱完了曲子，同那操琴之人共同合奏了完整的一遍。

我长久地沉静在美妙而隽永的意境里——一对神仙眷侣被迫分离，失去爱人的天神选择进入永久的沉睡，在梦境中与爱人长相厮守。

音乐是时间里流动的建筑，世间万相都可以在音律上得到相同的表现，并且能够被永恒地记录下来，只要听众有心，便能打开这些建筑的大门，进入音乐恢宏的殿堂，我突然想起了爸爸的这句话。

弄口的铁门前，三位工匠凝着脸一字排开地站着，锁匠摘下眼镜的手微颤着，眼中竟有眼泪："果然是创造命运的《长相守》啊，果真是一首能够贿赂所有神祇的黄金之曲。"

表匠沉声道："那位殿下的手笔，无论历经任何岁月都无法损其一丝一毫的魔力。"

"何止是岁月。"裁缝叹了一声，"即便是命运，在这样强烈的执著面前都会屈服。"

我一下子睁开了眼睛，那三个人异口同声对我说道："结界已然打开了，守望的命运将要改变。"

话音刚落，三个人像是凭空消失了，周围又复一片寂静，我死死地盯着大门上的那把腐锁，等了许久，也没见它打开。

算了，还是先回去吧，我有些怅然地转身。

一股冷冷的阴风从我背后猛地吹来，我惊回头，弄堂的大铁门发出沉重的吱嘎声，花妮从远处飞奔而来，在我的脚跟，惊慌地看着铁门："门，门，门怎么了？"

大腐锁慢慢地在熔化，慢慢地掉下，那两扇铁锈斑驳的巨大铁门竟然在慢慢打开。

琴声又起，我慢慢地走出铁门，花妮慢慢地跟在我后面，暗沉的雾霾中渐渐有一个抚着古琴的人影显现。

金风玉露一相逢，便胜却人间无数。

我从来没有见过这样的人，他只穿着一身普通的白色长衫，一双夺目的紫眼睛如宝石魅惑，月光洒在他俊美绝伦的容颜上，只觉天日之表。

他正沉浸在刚刚完成的曲谱中，他弹的是正常八调，弹得这样入神，甚至没有听到我的靠近，我索性举起笛子，加入了他的琴音，真奇怪，这次我的笛声没有走调。

听到笛声，他猛然抬起头，看到我的瞬间一下子脸霎白，琴声也骤然停了下来。

我意识到我一定是吓到他了，也尴尬地停了下来。

他的脸白得像纸，似乎对于我的出现反应很大，大大地跃后了一步，离琴远远的。

我也下意识后退了一步，花妮从我身后跑出来，月光下的眼睛渐渐露出凶狠，对他凶恶地哈了一下："你是谁？怎么敢到这里来？"

他的脸色更白了，又退了一步，一手紧紧地握着另一只手上的黄铜手链，那手链上挂着三个金钢杵。

看样子他把我当作鬼了，我一下子抱起花妮："花妮不乖，不能对这位先生无礼的。"

"姐姐，"花妮死死地盯着他，"叫小黑出来咬他，他身上的味道很怪。"

我轻打了一下花妮的脑袋："要对人有礼貌，平日里白教你了。"

花妮慢慢平静下来，疑惑地看着那个天人一般的年青人："你怎么能让锁伯打开大门，让姐姐走出来呢？"

那个年轻人平静下来，向我微微行了一个礼，对我淡淡一笑："小妹妹，你的问题好多，要我先回答哪一个呢？"

他笑起来可真好看，不知道花妮是不是这样想。

花妮挣扎着下了地，慢慢围着他转了一圈，在他身上使劲闻了一闻，似乎很享受，看了看那人手上的金刚杵，便哼了一声，高傲地走回到我的身边。

他倒也不以为意，走到古筝边上，对我笑道："鄙人姓原，名宗泽，昨夜来此练琴，被小姐的笛声所吸引，今日便再来和笛，还不知这位小姐芳名？"

"我叫郑玫。"

他在嘴里念了几遍我的名字："梅花的梅？"

我摇了摇头："玫瑰花的玫，我妈怀我的时候，在花园里散步，手被玫瑰花给刺破了，所以给我取了这个名字。"

"这名字真好听，我小时候身体弱，我妈就希望我能受祖宗恩泽保佑，所以叫宗泽，老觉得俗气。"他大方介绍了自己的名字，自嘲地笑了笑。

"没有，挺好的。"我低低说道，由衷赞叹，"您的琴弹得真好。"

"还是小姐的长笛功力深厚。这段乐曲是我家传古曲，但因年代久远，当中的一段曲谱失传了，我总想着找回来，真想不到小姐竟帮了大忙。"

说到乐曲，我也兴奋起来，便取了长笛，再次吹起方才谱出的第二段，然后停下来说："这里应该是男子失偶极悲之意，我总觉不应该用宫调。"

他低头沉思起来，然后点了一点头，便按照我的意思，微改曲风。

月光下，他的侧脸好像以前校门口的大卫像，柔和而俊美。

张爱玲说过："见了他，她变得很低很低，低到尘埃里，但她心里是欢喜的，从尘埃里开出花来。"以前我总不能明白这句话，现在竟觉得似懂非懂。

不由自主地，脸慢慢烧得厉害。

花妮冷冷地坐在我身边，撑着小脸，依然慎审地研究着原宗泽。

过了一会儿，他兴奋地睁开了眼睛，诚挚地向我一鞠躬："我被这首曲子折磨了好几年，总算今天谱成了，真不知道如何来感谢您。"

我笑着摇了摇手，他的声音可真好听。

鼻间传来他身上那股淡淡的香味，真奇怪，我怎么觉得只要一靠近他身边，便有着一种说不出的暖洋洋的感觉。

花妮也挪过来，坐到原宗泽的身边。原宗泽似乎有点怕她，便向我这边挪了一挪。

"怕什么？"花妮又哼了一下，"我现在不想吃你呢。"

"你太没规矩了，"我拉了一下她的耳朵，"快回去，不然明天让妈妈把你锁到甲子笼那井边上。"

他不以为意地摆摆手，柔声问道："郑小姐，你是什么时候来到这里的？"

"1937年的时候吧，"我掰着手指算了一会儿，叹声道，"我好想上海，我想逛霞飞路，想吃红房子的西餐。"

他斟酌了许久，开头问："不知小姐可听说过海市蜃楼锁？。"

"您说的是音律锁吗？"我讶然地看着他，不知他为何会问起这个："听老人说过，的确有代皇室用过这种上古流传下来的海市蜃楼锁，用来藏匿心爱的妃子。"

"久闻此地有一郑姓人家，世世代代乃皇室乐师，想来说的就是你们家了。"他对我点了点头，指着那扇大铁门道，"令堂应该是有祖上传下来的海市蜃楼锁谱，便在这扇大门上作了机关，唯有特定之曲，情意相合，才可以打开。"

我恍然大悟，怪不得从来没有人可以进来，也从来没有人可以出去，那把大锁始终牢牢地封锁了一切。

我突然想起一个问题，急忙问道："现在上海好吗？"

他瞪着漂亮的眼睛看了我好一会儿，才委婉道："日本人已经走了。"

这真是从天而降的好消息，我大喜道："真的吗？我们后来打胜了？"

他笃定地点了点头。

我紧跟着问道："鬼子全都被烧死了吗？"

他笑着点点头："1945年美国在广岛和长崎投了两颗原子弹，日本人就无条件投降了。"

"嗯？什么弹？"

"就是……一种很厉害的炸弹，的确是烧死不少鬼子，反正我们赢了。"

"太好了。"我激动地流下眼泪，"谢谢你告诉我，我要去告诉妈妈，我们可以回上海见爸爸了。"

他的目光藏着一种垂怜，有点灼伤我。

我便故意仰起头，强笑道："和您一起谱乐，三生有幸，不知道有多高兴呢。"

我忽然想起，既然他的曲子完成了，定是要离开这里了。

"原先生，"我鼓起勇气道："我们……我们以后还会再见面吗？"

他漂亮的紫眼睛中飞快地闪过一丝恐惧之色，然后又浮上一丝我所看不懂的神色来："郑小姐，你想再见我？"

我充满希冀地点着头，红着脸结结巴巴道："我……我喜欢听您弹琴。"

他一下子愣住了，久久地望着我不说话，可能是被我的大胆吓住了。我心里有点沮丧，却依然强撑起笑容。

"那，后会无期啦。"我慢吞吞地转过身，拖着长笛，拉着花妮垂头丧气地走向铁门。

"明天见。"身后忽然传来他的声音。

我惊回头，他在黯淡的月光下对我微笑着，仿佛暗夜里紫薇花闪亮地绽放："明天我在这里等你。"然后面露隐忧，"我有几个家人，脾气不太好，也在周围转悠，你轻易不要开门，以后你先以长笛引曲，我以古琴相合，可好？"

我振奋地点了点头。

他又说道："无论如何，也请你千万不要告诉你的家人，好吗？"

我微有诧异，但想着，不过初次见面就透露别人的身份，也着实不该，便答应下来。

月光暗淡地发着神秘的光芒，照亮了我回家的路。

3

翌日，我便把日本人战败的消息告诉了大家，满心以为他们会同我一样想回上海，可我万万没有想到，妈妈的答案是坚定的"不"。

她的手指苍白而修长，扣进我的肩头，好像细细的针在刺我，她的眼睛死死地盯着我，一字一顿地对我道："你在做梦。"

"玫玫，"陈伯也对我叹了一口气，"日本人还在附近，根本没有走，那只是你的一个梦。"

所有的人都对我点着头，眼中藏着无边的恐惧，四婶和六婶甚至激动地要过来同我理论。幸亏妈妈及时把我拉进了阁楼。

我躲在阁楼里闷了两天，然后在一个黑暗的雾夜里，我又听到了那首《长相守》的琴音。

我悄悄地来到骑楼外，吹起来长笛，铁门应声而开，原宗泽正笑吟吟地站在月光下，他的手里提着一屉南翔小笼包。我当时很努力地克制自己的吃相，天知道在小笼包面前做淑女有多困难。

小黑和花妮依旧跟在身后，盯着小笼包流着口水，原宗泽像变戏法似的给花妮打开一个紫罐头，给小黑打开一只黄罐头，花妮和小黑立刻抢过罐头回到铁门里去狼吞虎咽。

从此以后，他们都不由自主地对原宗泽友好了起来。

原宗泽有时候也问我，为什么不走出这个弄堂，我叹了一口气："妈妈没了爸爸很可怜，不能再没有了我。"

原宗泽眼中的怜悯更深，可是我却不喜欢看他这样的神情，不喜欢他可怜我。

我对他微笑道："子非鱼，安知鱼之乐。"

他一愣，我说道："也许外面的世界真的很美好，可是没有什么比守着自己的亲人更重要了。"

我抬头望着星空，喃喃道"如今还能听喜欢的人操琴，人生的乐事总不能占个全，我已经知足了。"

话刚出口，我一下子后悔了，感觉到脸烧得厉害，我飞快地抬眼，果然原宗泽也是一脸惊诧，我结结巴巴道："您……您不要误会，我没有别的意思。"

我越说越结巴，越解释越乱，原宗泽却忽然对我温和地笑了："子非鱼，安知鱼之乐。"

然后他轻轻低下头，靠得这样近，慢慢地在我的唇上印上一吻。

好温暖，混身都像沐浴在灿烂的阳光下，心里仿佛有滚烫的炼蜜浇过，甜得忘乎所以。

"玫玫，"他对我低低道，"你愿意跟我走出这个结界吗？"

结界？什么结界？

我正要开口，忽然地面震动了起来，周围有奇怪的声音由远及近地传来，好像有人在做法事念经一样。

周围的景物忽明忽暗，不停变化，我心中大骇。

忽然有一个左臂纹遍青龙的男子凭空闪了出来，五官凌厉，原宗泽微皱眉："供全？不是让你守在外面吗？进来干吗？"

来人却对原宗泽焦急道："Johnny，你姐夫已经疏通关系拿到开发权了，现在推土机开过来了，咱们快离开这里，不然你会同他们一样灰飞烟灭的。"

原宗泽面色一凛，恨声道："这个该死的秦岩瑞。"

我看到弄堂里的房子开始剧烈地摇动起来，花妮和小黑跑过来，哇哇哭道："姐姐，我害怕。"

我想回去找妈妈他们，可是原宗泽却拉住了我："玫玫，跟我走吧，有人要毁掉这里，这里的结界马上就要倒下来了。"

小黑对着那纹臂青年低吠道："你身上有日本人的味道。"便立时扑向供全，不想供全左臂上的青龙纹身立刻化出一条巨大的青龙来，厉吼着挡开小黑，小黑被一股巨大的冲击力弹落在地上，化成了一只黑狗。

供全念了一声咒语，那条大青龙又缩回了他的左臂，他耸了耸肩道："我妈妈的确是日本人，不过请放心，我的国籍是中国人，月亮证明，本人非常热爱祖国。"

怎么回事？为何他们说的话我一点也听不懂？一些奇怪而血腥的画面在我脑海中忽忽闪过，我头疼欲裂，摇摇欲坠，原宗泽担心地扶着我。

供全吓得大叫："Johnny，你别碰她，她身上的阴气招惹不得。"

他在说什么，什么叫我身上的阴气？

"我明白了，你和你姐夫是日本人，你们一心想杀掉我和妈妈。"我狠狠推开他，心冷道，"你痴心妄想。"

我抱起呜呜低叫的小黑就往铁门里走，原宗泽在我身后不停唤着我的名字，可是我却再不愿回头，心上隐隐痛了起来，这个我第一次喜欢一个男子，不过是想利用我打开弄堂，好放火烧死我们。

房子在摇摇欲坠，甲子笼那边的井盖在发出巨烈的砰砰声，有只血肉模糊的手正努力向外伸出，小黑又变成了一个小男孩，恼怒地走过去，取过一边的大斧子，将那只手狠狠砍断，对着井盖大叫："给我安静点！"

愤怒而可怕的声音更大声地从井中传出，相反更加狠命地撞击井盖。

这究竟是怎么回事，难道我真的是在做梦吗？我吓得哇哇大叫，向家里跑去。

一路上，沿街的房子开始塌陷，大火开始燃烧，不时有居民夹着细软逃出房间，惊慌而痛苦地嘶喊道："日本人来了，日本人打来了！"

可是他们根本走不出去，只是在弄堂里跑来跑去，痛苦地哭叫着。

我来到我们家的石库门，妈妈正站在天井里，她大大的黑眼珠中渐渐充满了血丝，望着冲天的火光，狂笑起来："我们费尽心思，可是这一天还是来了，你们还敢夸口你们是神？"

三个人影凭空出现，正是那三个工匠。

锁匠看了看妈妈，脸上慢慢流下了眼泪："即便是神祇也有弱点。"

表匠叹声道："即便是神祇也敌不过岁月的侵袭。"

裁缝的额头慢慢流下一道道血痕，淌过厚厚的镜片，他慢慢摘下眼镜，露出没有眼瞳的双目："即便是神祇也必须接受命运的管辖。"

他们三人异口同声道："结界已被破坏，扭曲的时空即将回归本位。"

裁缝伸出双手，锁伯和表伯立刻握住他的手，他们变成了三个耀眼的发光的人影，浮在空中。

"这是怎么了，他们在说什么？"我紧紧地抱着妈妈，哭泣起来，"妈妈，救救我，我害怕。"

"傻孩子，我根本不是你的妈妈啊！"妈妈摸着我的脑袋，对我慢慢流泪道，"我只是你用你妈妈的一个雕花熏炉，创造出来的守护灵。"

我立时傻在那里，妈妈身上精美的旗袍开始慢慢燃烧。

在火光中，她笑着对我说："你的父亲是抗日志士，日本浪人暗杀了他，把他的人头挂在学校门口，你的母亲连夜带着你逃到江洲老家，躲在这郑家湾。可是日本人还是发现了你们，他们冲进郑家湾，对你的母亲还有家人做出了无法启齿的兽行，小黑为了保护她，咬死了一个日本人，然后被砍成了三段。"

小黑走到我的身边，忽然蹲下来，化作了一只乌黑的小狗，对我呜呜地叫着。

守护灵的旗袍已经烧到了胸口，她指向窗台站着的花妮："可是日本人还是发现了你。"

花妮的脸变成了一只黑白相间的猫脸，她跳下窗台，向我跑来，跳入我的怀中的瞬间，周围的画面一下子变成了古老的时光。

我想起来了，那天是除夕，天上下着蒙蒙细雪，我换上了一件崭新的玫红闪缎旗袍，在楼下同族妹妹弟弟们一起跳皮筋，可是忽然传来震天的火炮，妈妈把我锁在小阁楼里，我心爱的花猫花妮害怕地从老虎窗里钻了进来。一队日本人闯了进来，说要逮捕郑氏族长，还要找逃到郑家湾的郑士昌家人，几个族叔激动地走出来，刚想说什么，一个日本人忽然掏出枪把陈伯的脑袋打开了花。然后他们便开始肆意杀人，我的耳边全是日本人恶心的笑声，我的眼前全是一片血色。

数不清的日本人轮番糟蹋着妈妈和婶婶们，又发疯似地用枪托一下一下砸妈妈美丽的脸，她漂亮的的眼睛慢慢变了形，从分不清五官的血肉模糊的脸上滚出来，沿途一路滚去，在洁白的雪地上描红了触目惊心的一路血线，最后在阁楼不远处停下，透过老虎窗，直直地望进我泪盈满眶的眼中，望进我已然崩溃的心中。

忽然，有人使劲顶阁楼的小门，他们发现我了，于是我打翻了油灯，洒了一地，等到日本人带着浓重的血腥气冲进来时，我一下子划亮了火柴。

刹那间，那灼热的疼痛一下子传遍了我的全身，我痛苦地大叫了起来，那天，我同那三个日本人一起葬身火海，等到周围的邻人过来时，郑家湾已经变成一片火海修罗场，火光整整亮了一晚上。

而我被永远地留在这里。

那时，一位族伯正好在北平跑货，躲过这一劫。他得到了消息千里迢迢地赶回郑家湾，在乡邻的帮助下，为郑家一百多位无骨忠魂筑就了郑家陵园。我遍寻不到我的妈妈，便利用那块祖传的紫色神幡收集了那场灾难中同我一起死去的怨灵的愤怒，建立了这个弄堂，想等妈妈回来，然后又把那三个日本人的灵魂锁在井中，永不超生，再用祖传的海市蜃楼音律锁，呼唤了三位神祇——凝固结界时间的表伯，封住结界空间入口的锁伯，以及维护结界秩序的裁缝伯。

自此，我们永远地徘徊在生界与死界的分界之处。

岁月不停流逝，时间越久，结界的灵力也越来越强，久到我已经淡漠了外界真实的年代，久到小黑和花妮依靠着灵力渐渐化为人类。可妈妈也许已经投胎，却始终没有回来，我是那样的孤单，于是我用妈妈经常用的铜熏炉化成了一个"妈妈"陪伴我，然后再有意无意地埋葬了那些可怕的记忆，直到原宗泽用琴声吸引着我用那首神曲走出了结界的大门。

4

周围有梵音响起，那些唱颂像打雷一样，直击我灵魂深处，锁伯他们的金色光影完全消失那一刻，天空好像是一张过期变旧的画报，忽然被人撕裂一般猛地开了一个大口子，刺眼的光线就泄漏进来。我们看到那个裂口后面有着无数陌生而巨大的机器，那些机器的玻璃上都贴着一些符咒，前头的电灯发出刺眼的光芒，无数的灵魂听到梵音后，不由自主地走到光前，被光照到后立刻灰飞烟灭，花妮缩在我的胸前，吓得瑟瑟发抖。

井中被镇压的那三个日本人也受不了梵音，努力撑破了井盖，挪动着挤得变形的身体来到光芒下，叫声变调地化为一团黑烟消失了。

梵音更响，我再不受我自己的控制，走向那些光亮，眼看一束光照向我，小黑往前一跳，替我挡了一下："姐姐！"

一瞬间，小黑就这样在我眼前化为烟尘，花妮的喉咙里发出从未有过的悲鸣之声，我紧紧抱着花妮往回跑，我飞快地穿过客堂，走上楼梯，来到小阁楼里，也就是当年自焚之所，躲在角落里无助地深深地哭泣。

花妮又变回了妹妹的样子，她又抱起那本大大的安徒生童话，蹒跚地过来，蹭着我难受道："花妮想最后再听一次睡美人的故事。"

我把花妮抱在胸前，抖着手翻开第一页，泪流满面地哽咽道："很久，很久以前……"

这一刻，我忽然醒悟道，也许对于玫瑰小姐而言，进入长久的睡眠未必是一件坏事，至少不会同我一样清醒地度过那样漫长而孤独的岁月，不用害怕地面对可怕的过去，或是更恐怖的未来。

就在这时，远处传来一阵空灵的琴音，是那首神曲《长相守》，我愣在那里，是原宗泽的琴声，对了，当初他用《长相守》打开了结界，是否我还可以通过《长相守》逃出去呢？

可是我手头没有长笛啊！

"姐姐！"我一回头，花妮对我微笑着，"你忘记了吗，你是这个结界的创建人，在完全被毁以前，你可以在这条弄堂里做任何事的。"

我闭上眼睛，默念着长笛，果然手中出现了一管长笛，我便凝神吹响那首《长相守》，同琴声相和，催动心意，果然一下子打断了符咒所发出的梵音，无数的灵魂得以逃出。

我感到我飘了起来，原宗泽的琴声引导着我，飞向琴音发源地，花妮紧紧抱住我，我的脚下是无数戴着安全帽的工人正在开着大型推土机铲平郑氏古老的陵园，有一群人举着横幅，上面写着："还我郑氏陵园安宁，中原集团滚出去。"

他们激动地喊叫着，上前同工人扭打，扔着自制的燃烧弹，场面一团混乱。

我看到那些推土机的后面站着一个意气风发的美男子，他身后站着一个光头的壮汉，他们的目光中流露着贪婪和血腥，同当年的日本人很像，就是这个人毁了我平静的生活！

我正要冲上去，原宗泽却通过琴音对我轻轻唤道："玫玫，他身上贴着很厉害的符咒，你不要去，快到我身边来。"

眼前闪过一阵强光，我感到我和花妮一下子被吸入了一个柔和的纯白色的空间，周围一下子安静了，耳边只是轻微的滴答声，好像是我上海愚园路的家，而我躺在软软的席梦思床上，旁边正放着悦耳的瑞士落地钟，我的眼皮变得很沉重，原宗泽温柔的声音在耳边响起："休息一下吧，玫玫，一切都会好的。"

朝阳撕破天际，艰难升起，向血腥的人间洒下一片晨曦，正照耀着化为废墟的郑氏陵园，秦岩瑞得意地跳下推土机，松了一口气。

透过满是尘渣的晨雾，慢慢走来两个高大的身影，秦岩瑞皱了皱眉，身后的光头壮汉早就站到他前面，混身的肌肉紧张地纠结起来。

秦岩瑞迷着眼睛看清了来人，便轻轻地拍了拍光头壮汉的肩膀，淡淡道："没事，是我舅子。"

"这里葬的都是被日本人杀害的郑氏英灵，于情于理于法你都不该这样莽撞，"原宗泽来到秦岩瑞的面前，面无表情道，"而且，用这种野蛮的方法，冲撞凶灵，会惹来一身晦气的。"

岩瑞哈哈大笑，冷冷瞥了一眼原宗泽手中的古筝，冷哼道："Johnny，你是知道我的，我从来不相信鬼神之说，我只相信命运掌握在自己的手中。"

原宗泽扣紧古琴木纹的手指一片苍白："如果我是你，现在应该打听一下自己的妻子在哪里。"

"她能出什么事？"秦岩瑞从鼻子里冷哼一声："她现在应该在 Topsecrect 里跟牛郎摇头摇疯了，我这当老公的都不急，你这作弟弟的急什么？"

秦岩瑞冷冷道："宗泽，你也知道你亲弟宗凯他们一直眼馋上海这块肥肉，我守得实在累，你不帮我和你姐也就算了，至少别再添乱了。"

说完，秦岩瑞带着不屑扬长而去。原宗泽咬牙看着秦岩瑞的背影，身后一个左臂纹身的青年上前一步，拍拍他的肩膀道："Johnny，别太担心，郑小姐在这里。"他取出一管玻璃管，里面隐约有一抹红影："凶灵最怕暴走，我本意收她回去为她净化怨气，想不到这还救了郑小姐。"原宗泽舒了一口气："谢谢你。"

全供挑了一挑眉："不过，这位秦先生麻烦了，郑小姐的一位家人，好像一直跟着他。"

他们不约而同地往秦岩瑞的方向看去，几个助理正谄媚地对他前呼后拥，谁也没有注意到秦岩瑞的左肩上正悄悄端坐着一个梳着冲天辫的小女孩，一转眼便化作了一只黑白相间的花脸小猫咪，她对着原宗泽挤了一下杏黄的眼儿，然后张开血盆大口，对着秦岩瑞的耳边非常凶恶地"哈"了一下。　❀

杀 意 深 寒

文／岳 勇
摄／周 捷

1

梅梅是被窗外啁啾鸣转的鸟叫声唤醒的。

她在冰丝绒空调被里慵懒地打了个滚，看见金色的阳光已经透过窗户照到了席梦思床前，顺手摸起床头的闹钟看了一下，已经是上午九点四十分了。

她心里一惊：糟了，上班要迟到了！急忙翻身起床，却又不觉哑然失笑：自从结婚之后，她就辞去了那份朝九晚五的工作，早已不用上班了。

她回转身，又坐在床头，拿起一本夏树静子的推理小说看了好一会儿，才穿着一件真丝吊带睡衣，趿了一双亚麻拖鞋，缓缓下床。

在卫生间里洗漱完毕，穿过饭厅时，看见桌子上用茶杯压着一张淡蓝色的便笺纸。拿起一看，上面是两行流畅飘逸的钢笔字：

梅梅：

我上班去了。早餐热在微波炉里。

吻你！老公

看完纸条，梅梅展颜一笑，一股温馨的感动涌上心头。

打开微波炉，里面果然热着一杯牛奶，和她最喜欢吃的火腿煎蛋饼。蛋饼煎得色泽金黄，外焦里嫩，既有鸡蛋之香味，又具火腿之鲜美，看得出是花了很多心思才做出来的。她不由得在心里暗暗为自己能找到这样一位成熟体贴的好老公，能住上如此宽敞豪华的别墅，能过上如此温馨幸福的生活，而感到庆幸。

是的，她应该感到庆幸。

梅梅只是她发表小说时用的笔名，她的真名叫赵春梅，一个十分土气的名字。的确，她的老家就在乡下，她原本就是一个不折不扣的乡下人。

18岁那年高中毕业，成绩优异的她考上了一所名牌大学，但家里为了给残疾的父亲治病，早已花光所有积蓄，再也拿不出一分钱送她上大学。生性倔强的她含泪撕掉了那张大学录取通知书，跟着几个老乡一起到省城打工。

在省城，在一位老乡的帮助下，她一边在工厂做工，一边读夜校，最终拿到了大学本科文凭。

她知道作为一个打工妹，要想在城市里站稳脚跟，要想在城市里出人头地，一定要有自己的过人之处。念高中的时候，她的作文常常被老师当作范文在课堂上朗读。她觉得自己的写作功底还不错，于是决定通过写作来改变自己的命运。

她搬出了吵闹嘈杂的工厂宿舍，在外面租了一间僻静的房子，每天下班后就躲在出租屋里读书写作。埋头苦写数年，写出了几百万字的作品，但却一个字也没能发表，投出去的稿件不是泥牛入海，就是被无情退稿。

就在她欲哭无泪心灰意冷，准备放弃之际，那位一直在她身边无私帮助她的老乡，偷偷瞒着她将她的几大捆手稿用一只蛇皮袋装了，踩着自行车，亲手送到了省文联《新时代文学》杂志主编吴子歌手里。

吴主编读了她几篇稿子，不禁连声叫好，当即在自己的刊物开辟专栏，连续几期推出了她数部有分量的中篇小说。

后来吴主编又通过自己的关系，介绍她到一家广告公司做文员，大大改善了她的创作环境。

在吴主编这位文坛伯乐的推荐和帮助下，她的作品开始频频出现在国内各大文学期刊上，并且引起了评论界的广泛关注。而这个笔名叫梅梅的作者，也成了省城一颗熠熠升起受人瞩目的文学新星。

再后来，年轻漂亮才华横溢的梅梅，就成了刚过不惑之年的吴大主编的情人。

吴子歌与妻子方筠结婚已有十多年，由于方筠身体的原因，夫妻俩一直没有孩子。几年前，方筠出了车祸，造成下半身瘫痪，只能坐在轮椅上靠小保姆推着行走。

三个月前，由于小保姆的一次疏忽，方筠再次遭遇车祸。她坐轮椅外出时，被一辆疾驰的汽车撞倒，当场死亡。办完方筠的丧事，梅梅就顺理成章地成了吴子歌的妻子，成了这幢别墅的女主人。

两人从新加坡度完蜜月回来，吴子歌就让梅梅辞去了那份广告公司的工作，叫她专心在家写作，争取写出更多好作品。

今天，是吴子歌婚后第一天离开妻子，去杂志社上班。

一位从穷山沟里走出来的打工妹，现在却成了一位前途无量的女作家，成了一位受人尊敬的主编夫人，成了这幢豪华别墅的女主人，她难道不该感到庆幸吗？

2

吃过了丈夫亲手为自己准备的早餐，梅梅抱着手提电脑坐到阳台上，准备动手写一篇早已构思好的小说。

打开文档，刚敲了一个标题上去，就听见吱嘎一声轻响，与自己家仅隔着一条窄窄的马路的对面别墅楼，二楼阳台上的门忽然打开，走出来一位中年妇女。

那女人看见她，竟主动跟她打招呼："吴太太，您好！"

梅梅愣了一下，想不到对方竟然认识自己，而自己却根本不知道对方是谁，不由得略显尴尬地笑了笑，朝她点点头，算是回应。

那女人身形瘦削，穿着一件蓝色格子布旧衬衣，两只衣袖高高挽起，头发显得有些凌乱，不像是那栋别墅的女主人，应该是个佣人吧。梅梅这样想着，目光落到了她那张颧骨高耸的瓦刀脸上，不觉一怔，这张脸竟有几分熟悉，好像在什么地方见过。

她皱起眉头想了想，忽然浑身一震，是的，这张瓦刀脸，确实曾在西郊工业区的公园里见过。

梅梅能拥有今天的一切，能过上今天这样的生活，最应该感谢的人，不是她丈夫吴子歌，而是她的一位老乡。

这位老乡名叫根生，是她乡下老家的邻居。

根生比她大一岁，长得十分壮实，从小时候开始，就一直充当她的保护伞。如果有谁欺侮了梅梅，根生总会不顾一切地替她出头。

村里人都笑话他俩，说他俩是从小就定下了娃娃亲的。

稍大之后，两人又一块儿上学念书，只可惜根生成绩不好，初中没念完就辍学了。而梅梅虽然成绩优异，却也只坚持念完高中，并未能如愿走进大学校园。

根生对梅梅的照顾，是无微不至的。

当她没钱上大学，准备到省城打工时，他毅然抛下了家里的三亩六分地，陪着她到省城找工作；当她想边打工边自学时，他立即拿出自己刚领的工资到夜大给她报了名；当她嫌工厂宿舍太吵影响自己写作时，根生又立即在外面租好房子让她一个人住；当她苦苦写作数年，却没有一篇稿件发表，几乎就要放弃写作时，他却抱着她的手稿，勇往无前地闯进了《新时代文学》主编吴子歌的办公室……

根生对自己的感情，梅梅当然明白。

她曾拉着他的手说："根生哥，其实你用不着对我这么好。我已经穷怕了，是绝不会跟你回去再过那种苦日子的。"

根生却憨憨地对她笑着说："梅梅，你想错了。我喜欢你，打从小时候起，就喜欢你，可是我从来没有想过要跟你结婚。像你这么有出息的女孩，怎么可能跟我这样没出息的打工仔过一辈子呢？只要能看着你留在城里，找到一个疼你爱你的好男人，过上城里人一样的幸福生活，我就已经心满意足了。"

当得知梅梅喜欢上了吴子歌，成了他的情人之后，根生很高兴地祝福她说："吴主编是个好人，他一定不会委屈你的，他一定会给你一个名分的。梅梅，你的苦日子快熬到头了！"

听了他的话，梅梅在感谢感激之余，心里也有一种说不出的苦涩。

尽管她感觉得到吴子歌是真心爱自己的，但是他们之间，却还横亘着他的妻子方筠。

虽然吴子歌曾向她许诺说妻子方筠自从车祸之后，身体每况愈下，估计已拖延不了多少时间。只要妻子一离开人世，他就立即和她去民政局办结婚登记，给她一个光明正大的名分。

可是一转眼，她跟吴子歌已遮遮掩掩在一起两年多时间了，而方筠在小保姆的细心照顾下，仍然十分顽强地活着，属于梅梅的那一份幸福，始终没有到来。

在这之后不久的一天傍晚，心情郁闷的梅梅下班后到公司附近的一个酒吧喝了几杯啤酒，然后就给根生打电话。

根生因为文凭低，找不到好工作，一直在西郊工业区一家货运公司做搬运工。

梅梅在电话里说："根生哥，你在哪里？我现在想见见你。"

根生说："我正上班呢，要不你到咱们工业区中心公园等一下我。我七点半就下班。"

于是梅梅就打车去了西郊工业区的中心公园。

晚上七点半，根生下班后气喘吁吁地赶过来。

梅梅一见他，就一头扑进他怀里，一边嘤嘤啜泣，一边说："根生哥，我不想在城里待了……你，你带我回老家去吧……"

根生吃了一惊，忙问："梅梅，怎么了？是不是吴子歌他欺侮你了？"

"他没欺侮我……只是我觉得，我跟他……这样遮遮掩掩偷偷摸摸的日子，何时是个头啊？"

"他不是说了，等他那个半身不遂的老婆一死，就跟你结婚吗？"

"他是这样说过，可是她老婆……唉……"一声叹息，无限悲凉。

根生从她这一声叹息里，似乎明白了什么，想了想，像是下定了某种决心似的咬咬牙，拍拍她的背说："梅梅，别哭了，只要那位吴主编是真心喜欢你，其他事情，总会有办法解决的！"又拉着她的手，温言安慰一阵儿，梅梅才渐渐止住哭声。

月亮渐渐钻出云层，两人又说了一会儿话，梅梅擦干眼泪，起身正要离去，却忽然发现石凳后边站着一个身材瘦削的中年妇女，手里提着一只蛇皮袋，正死死地盯着她手里的一只空矿泉水瓶子。

这妇女与梅梅他们相距甚近，显然梅梅刚才与根生说的话，都让她听了去。

梅梅不由得一惊，但见那女人一脸木然，并无半点表情，显然只是一个普通的捡矿泉水瓶的女人，便也没往心里去。

一个星期后，小保姆推着方筠去逛公园。

当走到一处下坡路时，小保姆忽然看见路边不远处的草丛里有一张百元大钞被风吹得扬了起来。

她心头一喜，急忙将手推轮椅刹住，跑进草丛去追那张被风刮起的百元大钞。

然而就在她好不容易将那张百元钞票抓到手时，一回头，却发现方筠的轮椅刹车不知什么时候竟然失灵了。

轮椅快速地朝斜坡下冲去，只听砰的一声响，正好被斜坡下公路上一辆疾驰而过的大货车迎头撞倒。

铝合金轮椅被撞得散了架，方筠被撞得血流满地，当场身亡。

办完了方筠的丧事，梅梅就成了名正言顺的吴太太。

而根生却在参加完梅梅的婚礼之后，悄然离开了这座城市，再也联系不到他。

梅梅这才感觉到方筠的死，确实跟他有关。好在方筠车祸身亡后，并没有引起别人的怀疑，她也就心安理得地接受了这个现实。

但是现在，她却忽然发现，那天在公园里偷听自己与根生谈话的那个瘦削女人，竟然是对面邻居家的女佣人。

那天在公园里，她虽然没有明确指使根生杀人，但话语中暗示的意味已是十分明显，再加上根生后来咬紧牙关说的那一句"其他事情，总会有办法解决的"，即便是个傻瓜，也能听出其中的意味了。

更要命的是，这个曾在公园捡拾矿泉水瓶补贴家用的女人，似乎也认出了她，还意味深长地向她打招呼呢。

梅梅的心，一下子悬了起来。

3

傍晚时分，吴子歌下班回家吃晚饭。梅梅装着漫不经心地问："哎，咱们家对面那栋小洋楼里，住的是谁呀？"

吴子歌说："那栋楼里，住的是一对教授夫妻。他们最近双双出国进修去了，估计得三个月后才能回来。现在屋里只住着他们的佣人罗嫂。罗嫂这个人挺不错的，见人就笑，很是热心，以前方筠在的时候，咱们家小保姆一个人忙不过来，她常过来帮忙。"

梅梅"哦"了一声，埋头吃饭，不再说话，心里却在想：如果那个罗嫂把那天在公园偷听到的她与根生的对话告诉子歌，那会怎么样呢？以子歌的聪明，一定不难猜出她与根生的这段对话跟方筠的死之间的关系。假如子歌知道了真相，那又会怎样呢？

想到这里，她不由得激灵灵打了个寒战，瞅了正在吃饭的丈夫一眼，不敢再往下想。

从这以后，梅梅再在小区里碰见罗嫂，便不由多了几分警惕。

而罗嫂每每跟她打招呼，嘴角边都挂着一丝令人讨厌的意味深长的微笑，仿佛在提醒梅梅说：哼，你神气什么？你今天所拥有的一切是怎么得来的，别人不知道，我可是一清二楚！

梅梅的心里，越发不安起来。

就这样忐忑不安地过了一个多月，梅梅经过暗中观察发现，虽然丈夫有几次下班后在小区里碰见了罗嫂，但罗嫂都只跟丈夫点头打招呼，并没有多说什么话。心中这才稍稍安稳下来。

但紧随其后发生的一件事，却让她有点措手不及。

那是七月的一天，丈夫上班去了，她正在家里写小说，忽然门铃响了。

开门一看，门口站着的居然是对门的罗嫂。梅梅愣了一下，顿时警惕起来，问："有什么事吗？"

罗嫂说："吴太太，我想求您帮个忙，可以吗？"

梅梅问："什么忙？"

罗嫂说："吴太太，是这样的，几个月前，我儿子生病住院做手术，花了一万多块钱。这笔钱是我当时向一个老乡借的高利贷。现在已经到期了，可我还只还清了利息，本金一万块还没着落。那个老乡刚才打电话来说，今天晚上七点半来收账，如果我还不起这笔钱，就要跟我翻脸。可是我现在真的拿不出这么多钱，我们家主人也不在家，要不然我还可以找他们想想办法。在这里，我只认识你跟吴老师这两个有钱的熟人了。我实在是没办法了，所以想找您借一万块钱。"

她特意把"吴老师"这三个字说得很重，仿佛是在向梅梅暗示什么。

梅梅脑中轰然一响，表面上却不动声色地说："好吧，不过我手里边也没有这么多现金。等我从银行取了，下午再给你送过去吧。"

罗嫂走后，梅梅一屁股跌坐在沙发上，心里乱轰轰的，暗想：来了，来了，该来的终于来了！她这不是明摆着向我勒索吗？还把子歌也抬了出来，如果她的要求得不到满足，只怕马上就会去向子歌告密吧！其实一万块钱不算多，给她这笔钱也可以，可是人心不足蛇吞象，要是她尝到了甜头，第二次、第三次伸手找我要钱，而且越要越多，那可怎么办呢？如果真是那样，那我可是掉进了无底深渊，永无翻身之日了。现在该怎么办呢？要是根生在这里就好了，他一定会有办法解决这件事的。

梅梅呆坐在沙发上，翻来覆去想了一个上午，最后下定决心，一定不能让罗嫂再有第二次要挟和勒索自己的机会！一定要想个法子，解决这件事，彻底地解决这件事。

而要想一劳永逸，彻底解决这个问题，保住自己今天好不容易才拥有的一切，最好的法子，也是唯一的法子，就是让罗嫂永远地闭上嘴巴。

一想到"杀人灭口"这四个字，她不由得浑身一颤，但很快又镇定下来。

自己付出了多大的努力和牺牲，才拥有今天的幸福生活，决不能让罗嫂成为自己美好生活中的一颗定时炸弹，更不能让她有机会无休无止地来打搅自己的生活。

既然她不仁在先，那就休怪我不义了。她想把我当成一棵摇钱树，那我就只好要她的命了。

经过一番周密的思考和计划，下午六点多，梅梅在衣服里藏着一把锋利的水果刀，按响了对面小洋楼的门铃。

出来开门的罗嫂一见她，就迫不及待地问："吴太太，钱带来了吗？"

梅梅拍拍鼓鼓的口袋说："放心，既然答应了你，就不会让你失望的。"她走进屋，四下瞧瞧，见屋里没有别人，就说："这房子装修得好漂亮，能带我上楼参观一下吗？"

罗嫂说："好啊。"就领着她上了二楼。

在二楼转了一圈，最后来到了一间卧室。梅梅见时机已到，就从口袋里掏出一叠钱，递给罗嫂说："这是一万块，你数数看够不够数。"

罗嫂不由得眼前一亮，迫不及待地从她手里接过钱，就蘸着口水点起数来。

就在她一心一意数钱之际，梅梅悄悄从腰间衣服里掏出了那把水果刀，双手握住刀柄，用尽全身之力，照着罗嫂的咽喉，猛然刺过去。

只听扑哧一声，那柄二十厘米长的水果刀，竟然齐柄刺入罗嫂的咽喉。

罗嫂脸色惨变，双目暴瞪，咽喉处喀喀作响，张大嘴巴想要喊叫，却发不出一丝声音，瘫倒在地挣扎片刻，就再不动弹了。那叠百元大钞，乱纷纷散落在她手边。

梅梅松了口气，立即掏出自带的毛巾，擦干净水果刀上的指纹，又在卧室里自己有可能留下足印的地方擦了一遍，然后用长长的指甲按开空调遥控器开关，将屋里的冷气调到很低，最后用毛巾包着手指揿亮了卧室和大厅里的白炽灯，将大门虚掩着，离开了邻居家。

刚走下台阶，就看见丈夫开着小车下班回来。

吴子歌摇下车窗问："你在这里干什么？"

梅梅不慌不忙地说："罗嫂找我借点钱还高利贷，我下午从银行取了一万块钱给她送过来。"

吴子歌点头说："也好，罗嫂平时没少帮咱们，咱们帮帮她也是应该的。"

4

罗嫂的尸体，是在晚上八点多被人发现的。

小区的环卫工人每晚八点左右，开始挨家挨户上门收集垃圾。

当她来到罗嫂的家门口时，发现这家大门边并没有放垃圾。

这名环卫女工跟罗嫂是老乡，两人平时就很熟，她见大门虚掩，屋里亮着灯，就想进去提醒罗嫂一下。在一楼没有看见人，迟疑一下，最后上了二楼。

在二楼一间亮着灯的卧室里，她看见罗嫂咽喉中刀，倒在血泊之中，旋即报警。

经过警方周密调查，最后将凶手锁定在罗嫂的老乡、专以放高利贷为生的胡三身上。

据罗嫂的对门邻居赵春梅反映，罗嫂今天曾找她借钱还高利贷。赵春梅于下午六点多，将从银行取来的一万块钱送到罗嫂手里。

赵春梅离开罗嫂家后，一直在远处花坛里加夜班修剪花草的马大爷看见，大约在晚上七点左右，罗嫂在家里亮起了电灯。

大约七点半左右，胡三骑着摩托车来到了罗嫂家，推门进去后大约十来分钟，便看见这家伙又慌里慌张地跑了出来，跨上摩托车一溜烟走了。

当时他还撞坏了一处花木护栏，让马大爷一顿好骂。

经查，在赵春梅离开罗嫂家，到罗嫂的尸体被发现，这中间只有胡三一个人进过罗嫂的家。

而七点钟左右，罗嫂打开了家里的电灯，说明这个时候，她还活着。

在罗嫂死亡的卧室里，只有胡三与罗嫂两人的足印。

最重要的是，赵春梅在去银行取钱借给罗嫂时，曾随手在其中一张百元大钞上记下一个电话号码。结果在胡三的住处找到了一叠崭新的百元大钞，数目正好是一万元，其中一张纸币上正好有赵春梅的字迹。

尽管胡三大呼冤枉，辩白说自己确实在约定的七点半到过罗嫂家，但当时她家的大门并未上锁，他推开门进去后，发现一楼大厅灯火通明，却并不见人。

他先是在一楼等了好一会，后来又叫了几声，仍然不见有人出来。

他以为罗嫂看见他上门要债，就躲起来了，于是就直上二楼去找她。谁知却发现罗嫂咽喉中刀，死在二楼一间卧室里，手边还散落着一叠钞票。

他把钞票捡起来一数，正好是罗嫂欠他的一万元，于是便揣进了自己的口袋。

他怕惹火烧身，也没报警，就慌忙离开了。

但警方则根据种种线索，认定他是收到本金后，因高利贷利息问题与罗嫂发生争执，最后一怒之下，动手行凶，然后擦掉凶器上的指纹，逃离了现场。

凶手落网，案子告破，梅梅也暗自吁了口气。

她只不过使用了两个小小的计谋，就成功地将自己的杀人罪名转嫁到了胡三身上。

其一，她在杀死罗嫂之后，打开了卧室的空调。强大的冷气对尸体的影响，使得法医在判断罗嫂的死亡时间时，出现了一点小小的误差。

其二，她离开邻居家时，顺手打开了卧室和一楼大厅的白炽灯。

当时只是下午六点多，天色未晚，所以外面是看不见屋里亮着灯的。

当到了晚上七点左右，天色渐晚，屋内的灯光便渐渐显现出来。

外面的人乍一看，还以为是屋里有人刚刚开了灯呢。

她想用这一点来证明自己离开邻居家时，罗嫂是活着的，因为她在七点钟的时候，还打开了屋里的电灯开关。

就是这个小小的诡计，将罗嫂的死亡时间从六点多，推迟到了七点钟以后。

而七点以后，她就有了完全不在现场的证明，任谁也不会怀疑到她头上。

5

三天后。

星期六的傍晚，梅梅挽着丈夫的手，正在楼下的小路上散步，忽然听见对面邻居家的大门哐当一声从里面打开，紧接着便看见从阴暗的屋子里走出一个身形瘦削，手提包裹的中年妇女。往脸上看，只见她颧骨高耸，长着一张难看的瓦刀脸……

天啊，这，这不是罗嫂吗？

"妈呀，有鬼！"

梅梅吓得脸色发白，惊叫一声，扑进了丈夫怀中。

吴子歌拍拍她的肩膀笑着说："别怕，你看清楚，这可不是罗嫂，这是罗嫂的妹妹。我听小区的保安说，罗嫂死后，那对教授夫妻在美国一时回不来，她的后事都是她妹妹操办的。她现在是回来收拾姐姐的遗物的……唉，罗嫂两姐妹都命苦呀，一个在别人家里做佣人，另一个失了业，靠在工业区捡垃圾为生……"

"什么？"

他的话还没说完，梅梅就觉脑中轰然一响，整个人都呆住了。

最让人绝望的是，罗嫂的妹妹听见了她的惊叫，也似乎认出了她，正一步一步朝她走过来…… 🔸

节选自长篇《诡案罪》

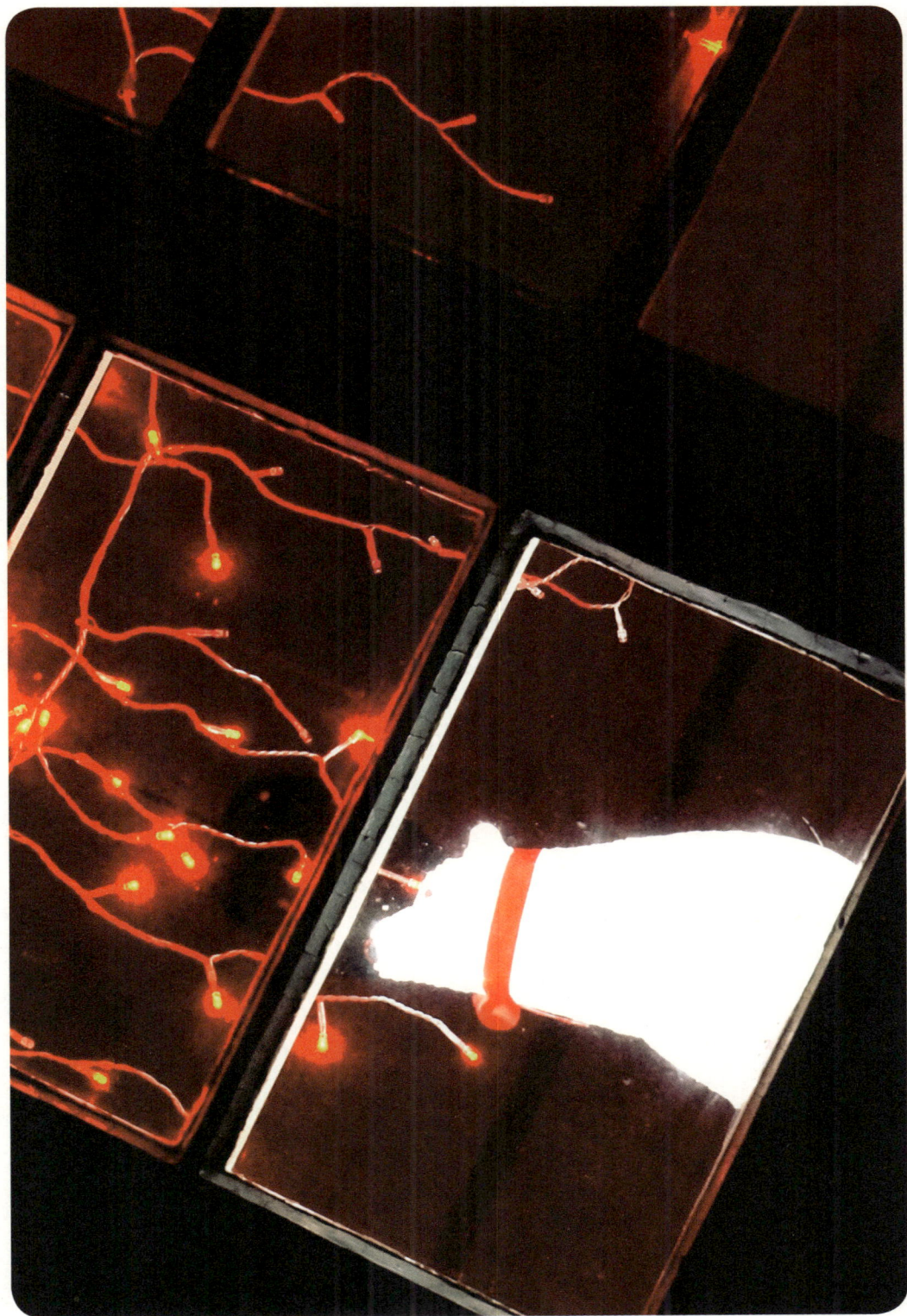

I FEEL YOU

两个相亲相爱的人生活在一个屋檐下，同睡在一张床上，
多数情况下却是你不了解我，我不理解你。男人和
女人之间，似乎是一对亲密的陌生人。

—— 曾子航

摄／木思璎

男人和女人，似乎是一对亲密的陌生人

文／曾子航　摄／季叶鸣　贺层染

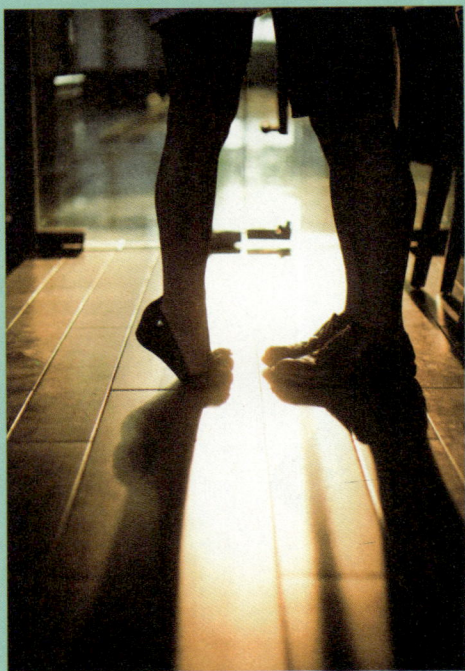

　　很多女性读者都喜欢《飘》，喜欢根据这部小说改编的好莱坞经典影片《乱世佳人》，很多男人也喜欢斯嘉丽，那个长着一双猫一样的绿眼睛的女子。不过，斯嘉丽的爱情之路却颇为坎坷，她错过了阿希礼，也最终失去了瑞德，生命中最重要的两个男人都与她擦肩而过。

　　为此，小说作者米切尔给出的答案是：因为斯嘉丽不了解。

　　那么，她究竟不了解什么呢？

　　少女时代对爱情满怀憧憬的她，在心中编织了一顶花冠，恰在这时，英俊的阿希礼骑着一匹马儿出现在她面前，于是，不管三七二十一，她就把这顶花冠给他戴上了。她从来不了解他是一个什么样的男人，她爱的只是自己心中的梦想——那顶花冠。因为这个幻影，她忽略了跟她一样桀骜不驯的瑞德，忽略了好多好多年。直到失去他的时候，她才发现，原来他早已是生命中不可或缺的那个人。

小说的结尾有这样一段话：总之，她对于他们两个始终都不曾了解，因而她把他们两个统统失掉了。现在她才仿佛有点儿明白，假如她曾经了解阿希礼，她就始终不会爱他；假如她曾经了解瑞德，她也就始终不会失掉他。于是她不免疑惑起来，究竟自己对于世界上的男人有没有一个是真正了解的呢？

而那少女时代的梦想，那顶花冠，已变成荆棘，刺痛她的心。

其实，不仅是斯嘉丽，这个世界上关于爱情的悲剧大都是因为不了解。爱情使一对陌生人变成了情侣，然而，在他们分开的时候，却常常惊讶地发现，原来彼此还是陌生人，不了解身边的另一半，甚至有时候也并不完全了解自己。

在接受各种情感咨询的时候，我经常会听到来自女性朋友们这样或那样的疑问：为什么我总是遇不到像爱情小说中所描绘的那样完美的爱情？为什么我总是找不到理想中的白马王子？为什么我身边的另一半总是让我揪心、失望？为什么他婚前和婚后变化如此之大？为什么我们总是在很多问题上看法不一样，步调不一致？为什么我总是觉得不了解他，无法走进他的内心世界？

那是因为——现实生活中的男人跟爱情小说家、偶像剧编剧笔下的白马王子其实是两码事，后者只是为了催眠读者而编出来的一个理想的光环，犹如某些高大全作品中被神化的英雄。这种王子也好，英雄也罢，让女人在想象的爱河中迷醉，不知不觉中，就像斯嘉丽一样编织着那顶也许注定会变成荆棘的花冠，给不合适的人戴上，最终，也刺痛自己，反倒无法看清地球上这另一半人群的真实面目。

从小，我们每个人都接受了男女有别的概念。从摇篮一直到坟墓，人类文化对性别的强调也伴随着人的一生。我们在出生的时候就被赋予了某个性别，产科医生或助产士一旦看到我们的生殖器，就会宣布我们是男还是女。稍大点，从外部形态、第二性征乃至着装打扮、行为模式无不在强化男女有别这种观念。然而，一旦涉及男欢女爱、谈婚论嫁这些问题，我们又往往强调彼此之间的共同点，而忽略了彼此的差异性。因此两性之间的战争总是层出不穷，如今，婚离婚率更是居高不下，就很好地说明了这一点。

在世界上古老民族的神话传说中，都有创世纪的传说。有一种说法，当初上帝造人之后，一看造出的东西是两张脸、四个耳朵、四只眼睛，两个身体都往前，又弄不开。于是上帝下意识地拿起刀从中间劈下去，从此，一边是男人，一边是女人。很快，上帝就发现，分开之后的这对男女又好像舍不得彼此一样，相拥相抱起来，但没多久又互相打了起来。上帝乐了，说："你们看，这就是人类，这就是男人和女人，他们既统一又对立，既矛盾又和谐，既有彼此融合的一面，又有各自独立的一面。"

这个世界，是由男女两种性别组成的。男人离不开女人，女人也离不开男人；男人需要保护女人、呵护女人，女人同样需要了解男人、理解男人。男女还会恋爱，还要结婚成为夫妻，但有时候你会发现，两个相亲相爱的人生活在一个屋檐下，同睡在一张床上，大半辈子过去了，多数情况下却是你不了解我，我不理解你，有时沟通困难，有时又误会频生。男人和女人之间，似乎是一对亲密的陌生人。

为什么会这样呢？

因为"男人是野生动物，女人是筑巢动物"。

把男人和女人称之为动物，绝对没有任何贬低或不敬的含义。从生物学的角度来看，人本来就是动物。达尔文的进化论更是明确告诉我们，人类起源于动物。人类经过漫长的演变，虽然已经很先进、很文明了，但骨子里还是属于动物族群中的一员，只不过是高级一点的动物而已。西方很多生物学家和生理学家都承认：人类本来就和动物无甚区别，在恋爱、择偶、做爱等关键时刻，往往还是人的动物属性在起作用。

把男人称为野生动物的三大理由

首先，作为一个男人，要具备较强的野外生存本领，仿佛一只在自然界中独自觅食、单打独斗的野生动物。

从自然环境恶劣、生存条件简陋的原始社会开始，男人就在外捕鱼狩猎，获取起码的生存权；到了硝烟四起的战争年代，男人又要靠建功立业来赢得功名利禄；如今，在这个竞争激烈的商品社会，男人更得在外打拼，此时，追求地位和攫取财富还是男人首要的生存法则，这跟自然界中的野生动物总要占山为王是一个道理。

其次，男人都向往自由自在、无拘无束的生活。这点男人很像狼这种野生动物：既有狼子野心，又很孤高傲世；既喜欢追逐猎物，又乐于漂泊游荡。

男人在年轻时候就跟野狼一样，不喜欢被固定拴在一个地方，喜欢不停地追求新的东西，喜欢冒险而刺激的人生。所谓"好男儿志在四方"，除非遇到一个他心仪已久的女人，他才会走进"动物园"（就是男人眼中的家），心甘情愿地被她"圈养"起来。男人骨子里都是独行侠，总想在被钢筋水泥包围的都市丛林中，一骑快马绝尘而去。

最后，男人在性方面极易冲动，在恋爱的初级阶段习惯于主动出击，有好奇心、征服欲，似乎不达目的绝不罢休！这也跟自然界里的野生动物求偶时的疯狂举动如出一辙。

男人就是经常在"本我、自我、超我"三者之间来回游走，有时表现得很有责任感，有时又显得随心所欲不负责任，而其中关键在于他遇到的是一个什么样的女人。

女人天生具有筑巢感

首先，像小鸟一样构筑一个属于自己的巢穴，是女性的本能。

都说女人天生都有筑巢感，给自己、家人搭建一个舒适的窝是绝大多数女性首要的生存法则。家，对于女人来说，是她整个世界的中心，女人寻找爱情，无非也是给自己的后半生找一个家，好比是"在世界的中心呼唤爱"；虽说男女同工同酬的观念早已深入人心，干得好的职业女性比比皆是，但在大多数女性看来，嫁得好显然更为重要。

其次，相比男人在社会上的单打独斗，女人更看重彼此之间的亲密关系。

从原始社会开始，"男主外，女主内"的社会分工渐渐形成：男人在外面的世界打拼，养家糊口；女人则是内当家，操持家务兼生儿育女。

女人一生唯情最重，也是因为女人不仅十月怀胎，一朝分娩，还要抚育后代，投入的生理成本、心理成本乃至经济成本都是男性无法想象的。她必须专心致志心无旁骛，才能培养出身体最健康、心理最健全的下一代。结婚对他们意味着构筑爱巢，意味着和最爱的那个男人白头到老。相比男人，女人对家庭和亲子关系更难以割舍。这也是为什么女人在感情上总是要显得比男人更专一、更重情的原因所在。

节选自《男人是野生动物，女人是筑巢动物》

风情万种的猫

文／铃村和成　摄／木思璎

我经常用手轻轻触碰索玛的尾巴，以确认它的存在。

猫这种生物，确乎有种使人捉摸不透的神秘感。它会突然消失不见，夜里，又突然从附近的暗处蹿出来。至于蹿出来的到底是小猫索玛，还是猫妈阿扬，抑或是邻里的猫，又或者是野猫，我就不得而知了。

所以，即使索玛钻进我的被窝里，蜷成一团酣睡起来，我也总有些不安心。

索玛尾巴蜷起的地方很特别，我总是忍不住用手指确认一下那只属于它的微妙弧度。

给猫拍照更是难上加难。

静物或是风景会一直守候在镜头前，但猫会在何时何地出现，恐怕只有上帝知道。而且，猫不像狗那样呼之即来。

没错，猫就是这么矫情，你召唤它的时候，它反而故意不肯现身；而等你几乎要忘记它的存在时，它又会不知从哪里冒出来。

猫心血来潮时，也会在你的镜头前搔首弄姿。我家的猫妈阿扬就是这样的。它是家中最温驯的一只猫，偶尔使使小性子，捉弄捉弄其他的猫，看上去心情总是不错。它能很快与陌生人熟络起来，让人不禁怀疑这是它天生的本领。来家里的朋友和邻居都对它赞不绝口。

忘记说了，我家有三只猫，都是母的：猫妈阿扬，还有它的两个女儿——索玛和小灰。

我们家一直有种偏见，就是认为母猫比公猫更有猫性。家中几代人养过不少猫，可最终留下的几乎都是母猫，那些公猫不经意间都不知了去向。

猫应该算女性动物吧？

柔软的躯体、婀娜的动作、漂亮的皮毛，不管怎么看，猫都应该是女性。

也许有人会质疑，猫不是有胡须吗？

胡须无疑是男性的象征，但是将猫的胡须称为"胡须"原本就是一个错误。猫的"胡须"是白色的，一看就知道和明治天皇威严的恺撒胡不同。猫的胡须更像女性的项链或者耳环，是优雅的装饰品。

猫很爱干净，一有闲暇就梳理自己的毛，或者用前爪洗脸梳妆。所以理应将猫划分到女性的范畴中——与生物学上的性别概念无关。

有些男性也化妆，但如果不是歌舞伎艺人，就不该抛头露面，这是常识。而猫如此专注地"化妆"，则是在向世人宣示自己是女性般的存在——只有那些穿着短裙的女中学生，才会在地铁里专心致志地盯着小镜子化妆。

猫——无论是公猫还是母猫——在"化妆"的时候都不会受到任何人的责难，这正是其女性般存在的明证。

节选自小说《村上春树·猫》

摄／周捷　Dfox　贺层染

FOREVER YOUNG

这个世界上只有小痞子，没有老痞子。那些用喝酒打架
打发青春的潇洒，慢慢散淡了。

——巩高峰

幸亏有爱

文／闻情解佩

摄／贺层染

连日的雾霾被大风吹散，湛蓝的天空像是绘本上的颜色，仿佛置身于童话世界。可现实是，有两个女人在酒店门口驻足不前，都有些发憷。

姜悦就像是童话世界里走出来的灰姑娘，她穿着深绿的毛呢外套，露出白皙的脖颈，优雅地抬手看表，腕上的名表熠熠生辉，让同行的张琪紧紧抿着嘴别过了头。

张琪说："要是我孟哥知道你到这地方来，就算不一脚把你踹了，也会把你生吞活剥了吧？"

张琪口中的"我孟哥"就是指孟俊——姜悦的男朋友。明明张琪与孟俊同岁甚至生日只差一天，可她仍旧能鼓足勇气口口声声地叫着孟哥。姜悦觉得张琪过于矫情了。

不过就是来见个客户，而且还有张琪陪着，姜悦认为孟俊犯不着为此生气。

说起来，姜悦来明洲大酒店纯粹是偶然。明洲大酒店的情侣房是庆阳市最有名的，新来的行政姑娘摸不清状况，就近给客户订了这里的房间，偏偏客户说生病去不了公司，主动请缨的张琪就拖着姜悦来慰问探望。

姜悦起初不情愿，耐不住张琪的软磨硬泡也就跟着来了。可是谁知道，还未进酒店，张琪就打了退堂鼓，任凭姜悦拖拽都不肯进来，口中还振振有词道："姜悦你是有男朋友的，我孟哥还对你那么好，可我一个清清白白的大姑娘，进了这种地方，以后还怎么找男朋友？"

那一刻，姜悦的心中有无数朵张琪幻化的白莲花飘过。

张琪在公司的外号就是资深白莲花，姜悦曾经当玩笑似的向孟俊提起过，孟俊停顿了半晌，异常严肃认真地告诉姜悦，女人多爱惜点自己没有错，让姜悦也学着点。

姜悦愣住，一时想不通白莲花与女人多爱惜自己这两者之间有什么关联。

眼见离约定的时间越来越近，姜悦无可奈何只能自己敲开客户的房门。房间的陈设布置确实不够端庄大方，甚至像是站街女连上的妖娆妆容，透着股廉价的暧昧。姜悦连客套话都不想说，直接拿出 iPad 想向客户展示公司产品。

还未等姜悦询问酒店 WIFE 密码，突然发现平板自动连上了酒店的无线网络，没错，是自动连上了。

姜悦轻轻地"咦"了一声，客户不着痕迹地笑了笑，将目光看向了床头柜。

姜悦的 iPad 昨天拿到公司充电后突然开不了机，今天早上就临时拿孟俊的救急，照眼前这情况去正常地推理，孟俊拿着平板来过这家酒店，而且还是在姜悦不知情的情况下。

客户穿着浴袍坐在床上，借着打量房间的功夫就把姜悦全身上下看了个遍，隐晦地夸赞姜悦的公司太奔放太有情趣了，让人按捺不住马上就想签合同。

可话音未落，姜悦的眼泪就淬不及防地落下来，止也止不住。

客户慌了，当即拿起笔潦草签了合同，把姜悦请了出去，嘴里还一直埋怨着："iPad是自动连上无线的，可见平时也没少来，这会儿要见真刀真枪了，就开始哭哭啼啼装白莲花了，什么玩意儿，没劲！"

姜悦走出酒店之时，天已经阴沉下来，雨夹雪使路面有些打滑，姜悦一时打不着车，跟跟跄跄地走在路上有些费劲。姜悦几次想打电话质问孟俊，都忍下了，问这种事当然要直视对方的眼睛才最有震慑力。

姜悦将已经捏皱了的合同交回公司，张琪马上凑了上来，神神秘秘地卖了个好。原来孟俊联系不到她，就把电话打到公司来了，张琪告诉孟俊，姜悦去见一个大客户了，地点保密。张琪撞了一下姜悦的肩角，笑着问她："我够意思吧？我可没告诉我孟哥你去了哪里。"

姜悦斜睨了她一眼，没有理会，径直从公司离开回家了。虽说是家，也不过就是孟俊在这个城市的其中一处房子。孟俊很有钱，将这套别墅给了姜悦，姜悦却坚持不肯过户到自己的名下，她花孟俊的钱从不手软，却不肯要孟俊的任何房产，因为她想要的是家，不是房子。

张琪啧啧有声地夸赞姜悦有骨气，说："除非我孟哥能爱你一辈子，否则爱来爱去还真不如爱上一套房子，我孟哥的别墅就值得女人狠狠爱，用尽心机去爱。"

孟俊回来时已是凌晨一点，见姜悦穿着单薄的睡衣站在别墅外，忙脱下外衣将她罩住搂着她进了房间，用手搓着她冰凉的手，压抑着怒气问自己又犯了什么事？

用自虐来惩罚孟俊，这就是姜悦表达愤怒的方式，孟俊一开始心疼不已，后来便头疼不已。

姜悦自然看得出孟俊的情绪变化，拿起一旁的平板扔在了孟俊的身上后，将卧室的门摔得震天响。

后来，孟俊解释，他喝醉酒后，曾经把平板落在他哥们汪群的车上过一次，或许是汪群把平板带去明洲大酒店后用过。姜悦霎时红了脸，用匪夷所思的目光望着孟俊，"孟俊，你是猪脑子吗？这里面有我们的亲密照，你懂不懂什么叫亲密照？就是除了你跟我任何人看到都该剜去眼的照片。"

孟俊知道理亏，嬉皮笑脸地看着姜悦，揉了揉她的头发就出了门。

自此之后，姜悦不再追问这件事，孟俊以为这一章翻篇了，又开始了夜夜笙歌的生活，因为汪群撺掇他在结婚前尽情地疯狂。

对于汪群，姜悦不可谓不熟悉，他是姜悦所在公司的副总，一双狭长的丹凤眼似笑非笑，公司里外的女人但凡好看点的，都没逃出过他的毒手，唯独姜悦是个例外，因为在饭局上孟俊比汪群抢先出了手。

汪群虽说是个花花公子，可为人很讲义气，一边口口声声埋怨孟俊不道德抢自己的妞，一边对姜悦彬彬有礼，恪守君子之道。两人都极有默契的回避着，心照不宣。

可总有让人始料不及的事情发生。

汪群的车还未驶出停车场，姜悦就挡在了车前，汪群骇了一跳，猛然间一个急刹车。

姜悦打开副驾驶座的门，张琪赫然坐在里面。姜悦沉默着，直到汪群挥手催张琪下车。张琪临走时，看了姜悦一眼，眼神复杂。汪群得知姜悦的车坏掉孟俊又出差了，在姜悦提议晚上一起吃饭后，义无反顾地踩下了油门。

汪群极不认同姜悦提出的就餐地点，可姜悦执意前往，汪群只能照办，将车停在了明洲大酒店对面的西餐厅前面。

隔着橱窗，姜悦一直望向明洲大酒店，一直潇洒不羁的汪群明显如坐针毡，非常不安。跟哥们的女朋友单独吃饭，而且还在这么暧昧的地方，汪群后悔了。

这顿晚餐味同嚼蜡，走出餐厅门，站在大街上，姜悦不急着上汪群的车，反而朝明洲大酒店的方向努了努嘴，问他去过吗？汪群忙利落地摇头，姜悦的脸色瞬间沉了下来，姜悦再三诱导询问，汪群就是不肯松口，咬定从没有去过。姜悦的呼吸逐渐急促起来，扯着汪群的衣袖往里面走，口中还嚷嚷着自己才不会信，让汪群拿出身份证来看是否在这里登记过。

彼时，过路的人逐渐多了起来，汪群有些急了，一把将姜悦的手甩开，大声骂姜悦疯了，迅速上了车，疯狂踩下油门飞驰而去。

姜悦在冬夜的街头游逛着，鹅毛大雪纷飞，她被冻到麻木已经感觉不到寒风刺骨。如果汪群没有去过明洲，那么去的人必定就是孟俊。

回到家时已经半夜，孟俊显然早已喝得烂醉，还硬撑着在等姜悦。

孟俊质问姜悦去哪儿了，姜悦不肯回答，执拗地望着他，冷漠以对，这是最容易激怒孟俊的方式，姜悦心里一向明白。

果然，孟俊的话凌乱不堪地全部抛了出来。

"姜悦，你他妈做什么丢人现眼的事了？汪群打电话来说，竟然要我看好自己的媳妇儿。"

"姜悦，你告诉我，你那张合同是怎么签下来的？你都跟人进那种地方了，还有脸再去勾引我哥们？为什么张琪不肯进去，偏偏你就愿意进去呢？是因为你骨子里贱吧？张琪最起码是个干净的好女孩，懂得爱惜自己，但你就未必是。"

姜悦苍白的脸逐渐变得潮红，她紧紧攥着手心，一言不发，可原本刻意保持的淡然，已然瞬间被击溃。

孟俊说完就跌坐在沙发上，似是吐出心中的浊气，歪着头便睡了过去。

姜悦站在原地，看了他许久，拿起毛毯来给他盖上，便走出门外。

暴风雪的威力不容人小觑，姜悦才出门就滑了一跤，重重地摔在了雪地上，她甚至没有试图过站起来，就那么趴在雪地里，感受刺骨的寒意，渐渐沁到心头。

凌晨，孟俊突然惊醒，将身上的毛毯掀开，开始满屋子疯了一般的寻找姜悦，屋里不见人影，便跑到了屋外，突然，被脚下一物绊倒，孟俊怔了怔，旋即用手将姜悦从雪里刨了出来。

姜悦已经被冻得失去知觉，任凭孟俊如何摇动也没有任何反应，孟俊又是惊惧又是痛心，生平竟是第一次这么慌乱窘迫。

姜悦被送到医院治疗，孟俊出去买粥的功夫，苏醒过来的姜悦独自离开了医院，从此不知所踪。

半年后，姜悦敲开了孟俊的那座别墅的门。

闻声开门的人穿着睡衣，原本睡眼惺忪，看见姜悦后边猛然间打起了精神，抱臂而立，一脸得意的挑衅着，"孟俊把这套别墅给了我。"

这意思太过明了，姜悦也无须多问，她平静的面容看不出一丝波澜，转过身静静地离开。身后，张琪张了张嘴，似要说些什么，却终究没有出声。

孟俊在路上漫无目的开着车，四处寻找着姜悦的身影，这是他这半年来，唯一在做的事情，他深信姜悦没有消失，只是不知道在哪里等着自己。

张琪说孟俊将这套别墅给了她，是没错，不过孟俊只是用这座别墅换了张琪一句实话。

当初都是张琪布下的局，将孟俊遗落在汪群车上的平板带去了明洲大酒店联网留下痕迹，好心指点公司行政给客户在明洲订了房，把姜悦的平板弄坏无法开机，恰巧客户生病，张琪不费吹灰之力便把姜悦带到了明洲大酒店。

让姜悦一步步深陷疑心做出不理智的事情后，反而又引得孟俊起疑，让事情渐渐无法收拾。

孟俊将车停在路旁，点燃一颗烟，狠狠抽了几口，正想再度驶离的时候，发现车窗外有一女子正对着车玻璃整理衣装，那女子正是姜悦。

那一刻，时光静寂，默然无声。

怀疑是一种可怕的力量，但幸亏有爱。

两肋那里长什么

文／巩高峰　摄／贺层染

　　那会儿，在我们宿州市有谁会不认得张建军呢？

　　没错，宿州不过是个小地级市，可怎么着也是个六十万人的城市。张建军这样的人物，别无分店，只此一家。

　　刚退学那会儿我十六？记不太清了，反正记这些破事儿也没什么意思，还不如趁着夏天，留着中分头，穿上红T恤，半截袖也要卷起来挂到肩膀上，吃了豆芽炒面，把可乐罐捏得咯咔咯咔响，到处溜达——这是狮虎帮的规定动作。

　　狮虎帮是我带头成立的，听起来颇有点气势，虽然加上帮主我也不过四个人。其实我是有私心的，盼着哪天有机会能小河汇入大海的话，有个帮派总有个阵势，让人高看一眼。

　　作为一个毫无前途的业余小混混，我带着几个更没有未来的小兄弟，每天花着父母给的零花钱，看起来贼头贼脑无所事事，其实满心焦虑。我们在四处找寻一个有前途的或者说更大的靠山，因为我们一直自诩是黑帮，可一晃都逛游一年多了，除了打几场有胜有负的架，流过几滴血缝过几针，其实连真正的黑帮的大门都没摸着。

于是在我们看来，张建军最像那个能领我们入门的人。他身材健硕匀称，打起架来下手又硬又狠。可关键的关键问题是，张建军又太不像黑帮，他家是家族企业，盘根错节，据说小半个宿州市的粮油食品店都是他家的。他不仅家境好，而且帅得冒泡，脸庞有着干净而坚毅的轮廓，眼睛还透着深邃，看不懂他在想什么。即使是打完架跑路，他发型也保持着一丝不乱，像极了电影里的明星，太有范儿了。

当然，张建军更不像黑帮的是，他还有一把好嗓子，全市的歌唱比赛，大大小小他经常去参加，看起来是那种歌唱比赛的老油条。不过他是酷的，因为他喜欢第一个登台，而且几乎每次都是拿第一。这其实也还不算什么，问题是，比赛时只有他一个人是边弹贝司边唱歌的。要知道，当时我们宿州市大部分人还不清楚贝司是什么东西，铁的还是木的？方的还是圆的？黑白还是彩色的？

不清楚，没什么人见过啊，更别说玩儿了。

据说张建军除了打架、唱歌，最想做的一件事儿是组乐队，他也的确跟我们说过让帮忙给他找人。不过他的臭虫乐队筹备了好几年了，还是只有主唱和贝司，而且都是他一个人。键盘、鼓手之类的角色？汗，我们连这几个词什么意思都弄不清楚，上哪儿去找啊。

没见他之前总听人开玩笑，说张建军生下来两肋那里长的不是胳膊，是翅膀，意思是张建军不是一般人。那是当然，对于我们来说，张建军还真就是飞翔在我们头顶的一颗星，只可仰慕，没法嫉妒，而且也没有路子可以通往他那里。

所以，他连组乐队都只能是一个人，别人够不着。

晃荡两年后，我们都陆续成年了，再也没资格被称呼小混混，连家里大人也不爱给零花钱了。还能咋办，找工作，自己挣自己花看起来还是有点小酷的。

我们白天各自分散在健身房、美容美发店和商场上班，算是挺进了时尚行业，其实也是为了家长面子上好看。私下里，我们还是无比沮丧的，想想啊，跟张建军一比，我们这伙是多么黯淡啊。打架斗殴不过是赶赶时髦挥发一下荷尔蒙而已，能有什么出息和机会认识张建军呢？

可是有一天，我表姐竟然满脸炫耀地宣布，她在和张建军谈恋爱。

　　反正我们谁都不信的。我表姐虽说在她那一拨姑娘里算蛮漂亮的，可六十万宿州人，我表姐能排多少名呢，竟然够得着跟张建军谈恋爱？她配么？

　　表姐被我的鄙夷打击了，当场就要带着我去见见张建军。我惟恐她吹完了牛就变卦不认账，立马换了衣服，要马上跟她去。当然，心底里还是相信的，有朝圣一般的小紧张。

　　想一想，别说张建军可能会成为我表姐夫，哪怕就是让我认识他一下，从此就把我喜欢的健身房工作和前途丢了，或者把每个月的工资和表姐加嫁妆都白白送给他，我也乐意。

　　表姐先是傲娇地用刚买的手机给张建军打了个电话，我没听清张建军说了些什么，大概是那你就来呗。因为我发现表姐的头突然一下抬得很高，满脸都是得意的笑，扬起下巴示意我，走。但是真的要走了，她又折回镜子前抹了口红，搽了粉，最后还描了描眉。

　　进张建军家之后，我终于相信，之前的那些传说都是真的。作为只在暑假跟着我妈单位参的团去过南京北京的我，说起来也不算土鳖，但还是觉得家里弄成那样，太奢侈了。进张建军卧室的时候，他正仰面半躺在床上，一手拿纸一手拿笔，在写着什么。

　　表姐问他，他说在写歌。

　　我的天，他竟然还会写歌！

　　张建军看到我，并没有意外，朝我笑了笑，说，身材练得不错哦。

　　张建军跟我说话了，而且夸我身材练得不错，那一刻我浑身一麻，愉悦极了。之后，他们一直在聊天，调笑，偶尔还搂搂抱抱地亲嘴，表姐还趁机用眼神跟我炫耀。俩人全然不顾我就坐在旁边，眼睛睁得老大。

　　张建军抽烟，抽得还挺凶，除了亲嘴的时间，基本上一根接一根，不用打火机。表姐说那是在找灵感，原创歌曲哪那么好写！张建军抽的是宿州很少见到的烟，我观察好一会儿也没认出牌子。他见我好奇，顺手扔给我一根，是美国货，万宝路。那烟劲儿真大，尽管我已经抽烟好几年了，第一口还是被呛了一下。不知道是不是因为兴奋和紧张，半根过后我就一直晕，但还是觉得特幸福。

开始几次，我还有点不好意思，老找借口跟着表姐去他家，后来我自己去，还带着我那帮小兄弟。然后，我就自认汇入张建军的帮派了，尽管我也不知道张建军有没有成立帮派。反正我把自己当成是张建军的小弟了，出去吹牛打架，理直气壮地报张建军名字。

张建军不上班，但他有的是钱花，待在家里除了写歌、弹贝司、抽烟，就是跟我们这些慕名上门的小兄弟玩儿。有时他也会带我们去打架，但不多，因为有他在，我们每次都很奋勇，也所向披靡。他更多的是带我们打篮球和乒乓球，这两样他都打得不错。

我们骑着自行车，在小城里呼啸着来去如风，依然延续着旧帮规，把 T 恤的袖子挽到肩膀，喝着可乐和啤酒，满头大汗地吃豆芽炒面。喝多的时候，我们也拿张建军开玩笑，要扒他衣服，看看他的两肋是不是真的长了翅膀。他笑，说两肋那里只能插刀，别的什么都长不出来。

但快乐的日子如此之快，我们躲也躲不掉、逃也逃不脱地真的大了，有人慢慢混成了人模狗样腋下夹着包包的小领导，干美容美发的也盘下了自己的店面，反正大家结婚的结婚，生孩子的生孩子。

这个世界上只有小痞子，没有老痞子。

那些用喝酒打架打发青春的潇洒，慢慢散淡了。

因此和张建军见面也自然就少了，但我仍然是他的脑残粉，关于他的传说我不仅验证了，还继续传播。我知道，他和我表姐不会结婚的，门不当户不对不说，感觉我表姐就没这个奢望，而张建军的心思也根本没在结婚这个事儿上。所以他们分手的时候，我表姐甚至都没伤心几天。她有自知之明，她自己说的，能跟张建军好一场，已经心满意足了。不过，表姐后来嫁得也不错，看来谈一场上档次的恋爱，多少还是有价值的。

后来张建军结没结婚我不知道，反正他不缺女人。我送了他免费的白金 VIP 健身卡，开始他倒也热情地来，每次总见到不同的女人挽着他的胳膊。他总夸我的体型好，于是我给他制定了好几套方案，他认真执行过几次，但不知怎么的，他越来越憔悴，来健身的次数也越来越少。

他还写歌吗，还弹贝司吗，还抽已经不再时髦的万宝路吗？

因为再没跟他一起喝过酒，倒真的没机会问他这些问题了。

再后来，熟人里几乎没人再见到过张建军。如果不是表姐说起她结婚时买了张建军家的房子当婚房，我们都快忘记他了。恋爱，结婚，生孩子，上班，日子如此平庸，谁还好意思回忆那些挥斥方道的古惑仔时光呢？

只是张建军家竟然到了卖房子的地步，的确让人唏嘘。而表姐说起张建军家为什么卖房，我再次惊呆了，竟然是张建军吸毒。

我们这帮人，虽然是自诩，但好歹也曾经每天在黑帮边缘混，竟然不知道这么个小地级市也有那玩意儿？不过想到他是张建军，也释然了，他有什么搞不到的呢？

再后来，陆续听说张建军家的生意越来越不行了，但总想着我们这小地方，根深叶茂的，瘦死的骆驼总比马大几圈吧，但到底还是败落了。

有一次加班有点晚，出来才发现下雪了，一个人在路边饭店吃了小火锅，喝了二两小白酒，心满意足地出门。裹紧大衣在路边打车回家，大雪里迎面有个人走过来，身姿很是萧瑟，身影却眼熟。多看了一眼，竟是张建军。他胡子拉碴，神情萎靡，佝偻着背，显得又瘦又老。头发在路灯下沾了雪，有些灰白，凌乱不堪。

打了招呼，互相都没有惊奇。我不知道该说什么好，总不能问他最近在做什么吧？于是把点了的烟递给他，发现他的手在抖，这才注意到大冬天的，他只穿一件薄薄的皮夹克。正好出租车来了，上车前，我先扒了他身上的皮夹克，说，我找这个款式很久了，你让给我吧。然后，把我的大衣脱下来披到他身上。

他没说什么，只是看了我一眼，轻轻说了句"谢谢"。然后转过身去，用两臂环抱着两肋，踏雪走远了。 ◆

I MET YOU

曾以为，这样的时光永不会完结，即便电影散场，
青春终章，我仍旧可以领你回家，见我爸妈。
——宋小君

被青春撞了腰

文／漠　兮

摄／贺层染

"劝君更尽一杯酒，西出阳关无故人。"当王右丞饮尽琼浆作别友人，"西出阳关"是独行穷荒的寂寞，是天各一方的离别。那么，倘若西出阳关有故人，是否就不再是穷荒绝漠鸟不飞，万碛千山梦犹懒？

　　我幼年因父亲工作之需，跟随父母在甘肃敦煌生活。在消散的历史中，敦煌是河西走廊的最西端，是丝绸之路的出关要塞；在二十世纪八十年代末九十初，敦煌是极偏远的西北小镇，是老一辈美术与考古研究学者才会不远万里奔赴的地方；而如今的敦煌是旅游胜地，是体验沙漠异域风情的好去处。

　　而我已离开敦煌，整整二十年。

　　二十年，从口中说出不过是再简单不过的三个字，而回首望去竟也是匆匆一瞬。

　　于是今年夏末，我拉着闺蜜大灰狼让她和我一起去一趟敦煌。于她，这场旅行可以用来告别逝去的单纯时光；于我，这场旅行是去找寻曾经的纯真岁月。

　　鉴于大灰狼（挥着翅膀的大灰狼）有着变态的洁癖和挑剔癖，所以我是这样为她介绍旅行的：如今经济发展交通便利，乘飞机四小时即可到达；大西北天高地广，可得浩然之气；最重要的是有正宗的烤羊肉烤羊排烤全羊……于是我们背上行囊，开始了一场算不得说走就走倒也是匆匆的旅程。

　　不过我们的旅途开始得并不顺利，因西北云层气流波动较大，大灰狼在飞行途中晕机了。我试图以曾经从南京到敦煌火车时长足足 72 小时的事实来安抚她，却不知不觉想起那些交通不便的时代独有的乐趣。

　　每一次漫长的旅途都会认识来自天南地北的朋友，铺在无尽铁轨上的是从东到西的风景长卷，心因为时间而放慢，享受这样冗长的旅行。而如今，纵使我们追求文艺范儿，来一场复古之旅，怕也无法让自己的心慢下来。

　　走下飞机，第一股夹着沙尘的风吹来，远望三危，白日黄沙，这便是敦煌。

　　以前我常常和大灰狼说小时候在敦煌的趣事：从研究院家属幼儿园溜出来，让老师追着我在九层楼前跑；学一两句外语在莫高窟有外宾来访时忽悠点外国糖巧和蜡笔；从沙丘顶滑下来结果摔得皮开肉绽……不过说得再多，总也不及亲身体验。

　　其实在来之前，我已预感到过去的质朴难再得，可真的看到琳琅的商铺充斥在敦煌街头仍旧免不了心有惋惜，但也只能是惋惜，毕竟时光匆匆，任什么都不可能为了满足一个人的追忆而永恒不变。

得幸我们在小巷里找到一家羊肉粉汤店，要了两碗羊肉粉汤。汤未上，光头大叔先递给我们两块厚实的馕饼。

大灰狼说："我们不吃饼。"

大叔昂着头说："一碗汤一张饼，搭好了！"

我说："那给我们一块就够了！"

大叔极其倔强："那你们不饿！"

于是不饿的我和大灰狼不得已吃完了两大碗汤和两张饼,这下倒是真的不饿了！

曾经我一直想不通为何在敦煌的时光能够那样单纯，以至于多年来我无论天南海北，国内国外都难再寻得。大灰狼却一语点醒了我：因为这里没有选择啊！

原来如此！我恍然大悟。

在敦煌的时光是那样简单而别无他选。孩子们除了在家就是在莫高窟转悠，大人们除了在洞窟里工作就是在树下喝酒谈天，吃食除了牛羊肉就是茄辣西，太阳每天都照在这片无边的沙漠上，连气候都简单粗暴——酷暑或是严寒，每种瓜果都甜得不给你分毫酸的余地，你从来都没有他选。

超级月亮那晚，我和大灰狼躺在鸣沙山上看月亮，从日落待到午夜。月亮从山丘里一点点升起，白亮得让人为之叹息。我问大灰狼：怎样？不虚此行吧，有什么感想没？她翻身而起，一口干了手边的酒：秦时明月汉时关，再过一百年我还是一条好汉！

恶劣的开始并没有带来美好的结局，生活永远不落俗套，在回程的飞机上大灰狼吐得天昏地暗，下飞机时她拉着我说，最近一年内她都不要坐飞机了。我想，大抵我们是真的老了，想要追逐青春，终究是被青春撞了腰。 ❖

初　夏

文 / 张诗群

摄 / Dfox

小满在洗那个陶罐。整个春天，她每天早晨都在洗，然而春天很快就要过去了。

我坐在一棵油桐树上看书，小满的背影在我俯下去的眼角余光里，像池塘边的一蓬蘑菇。那是一九八九年的初夏。

水艾的青草气混杂着很多植物的气息有一阵没一阵地漾开，闻起来有生涩的味道，然而也有花香。

坡下的杉林里，点缀着白的红的叫不出名字的细碎花朵；还有木槿，粉粉地开在一丛正在长个的新竹旁；蛇目菊和千日红，在一簇簇矮灌木中，摇曳生姿得分外妖娆。而后是绿色，没有节制地四处涌动，让人想起油画的底色和海洋。

时令上，那是最美的山村，然而住在里面的人谁也不觉得特别，就像小满，她每天早晨提着陶罐把煮烂发黑的药渣倒在经过的三岔路口，然后去池塘清洗。黄色的小蝴蝶跟随她向前飞舞，她熟视无睹，无从知晓那是一种可资回望的美好。

小满不漂亮，细瘦，脸微黄，扎一根马尾，普通如道旁随处可见的尖叶草，却又清冽，守己安分，像她十八年的乡村岁月，说不清短暂还是漫长。

小满的父亲到底抵熬不住病痛，住进了镇医院。

那个初夏，便在小满从家到医院的不停往返中渐次扬开。青春岁月中必然要经历的一些体验，也骤然撞进小满的世界，让平静的生活呈现某种波纹。

她脸朝外坐在父亲病床边。门被推开，一道光进来了。小满后来这样对我说。实习医生范海青推门进来时，小满有一种短暂的窒息感。她忽然有种从未有过的慌乱和自卑。她把头转向窗外，一株古槐在阳光下满是明亮的细密叶子。

范海青俯下身给父亲扎针，小满闻见他身上的某种气息，还有浓密黑发间的味道，甚至他身上簇新的白大褂，都散发着冬天阳光中晒暖的棉被气息。范海青直起身，对回转头的小满笑起来，小满也笑起来，却迅速低下头，那一刻，她无法与他对视。

日子忽然间充满了期待。小满十八年的安静时光忽地涌进了许多声音和色彩，她在那些声音和色彩中沉陷，没有丝毫的挣扎。

她聆听门外的动静，把每一种声音都联想成他的，心跳得发慌，却又沮丧得厉害。窗外走廊里走来走去的护士穿起了宽摆的裙子，高跟鞋的声音是一种有节奏的韵律，却小锤子一样一下一下砸在小满的心上。她下意识地收拢两条腿，它们藏在皱巴巴的裤管里，却将一双脚连同紫红色塑料凉鞋委屈地晾在目光之下，小满觉得自己哪儿哪儿都那么不如人意。

她去池塘洗父亲换下的衣物，顺带洗一大圈输液用的细长胶管。她蹲下来，对着水面长久发呆。

水葫芦碧绿的叶子已日渐宽大，水汽弥漫起来，小满不知道是自己眼中的水汽还是水面的水汽。她看到水中自己的影子，保持着拘谨和张望的姿势。初夏的山色绿影憧憧，贴入水面变成模糊柔软的蓝绿屏风，绸缎般美好，却不可触摸。小满笑起来，又很想很想大哭一场。

小满坐在病房里编小鱼，用那些细长胶管。她把编好的小鱼挂在吊水的杆子上，范海青举起来托在手中，用拇指来回摩擦。

小满，你手好巧。他看向她的目光有一种光芒。

小满笑着不说话，编小鱼的手却不听话地颤抖。而后几天，她一直不停地编小鱼，又编其他稀奇古怪的小玩意。小满想，也许，适当的时候，她要送他一些什么。

小满为自己突然而至的想法羞怯和激动。她对自己说，要勇敢一点。

她躲开所有人的目光，在父亲熟睡的深夜，剪开那些细长的管子，在惨白的灯光和一地的胶管中编礼物。整整一夜，她编好了一只钱夹和一只钥匙扣，匙环上串吊着两条小鱼。然而，这并不够。

太阳升起来，小满安顿好父亲，去山坡上摘金银花。

是正正好的初夏，山风吹过来，也是正正好，没有人说过小满美好，但有些细碎的瞬间被植入生命时，她确信那就是美好，小满听到心底有东西忽啦一声开放。

捱过了一个上午又一个下午，傍晚，掏空枯萎的花朵，钱夹已经香了。小满揣着匙扣小鱼和金银花香的钱夹走完医院院子里的水泥路，来到范海青的宿舍外。屋外晾着一篙衣服，一件火红的连衣裙居然像一个站在那里的女孩，太过醒目以至有种刺痛的灼伤。屋里传来一个女孩甜甜的声音：海青海青。

小满转过身，心底有什么簌簌地落。她不歇气地一直朝前走，天空有一些浮云，像结了个绚丽的茧子，初夏，快要过去了。🔆

致前女友

文 / 宋小君

摄 / Dfox

亲爱的 EX：

去岁一别，久疏问候，也不知你胖了瘦了，头发长了短了。

前些日子参加同学婚礼，新郎新娘是你我旧相识，而今男婚女嫁，功德圆满，我感慨之余，也心生向往。

我曾许你一场婚礼，遗憾这个许诺永不能兑现。只能请你当作我年少时的狂妄话，八十岁的时候回头想想，笑我痴傻。

这些日子，上海天气不错，不知巴黎是否仍旧多雨？我们在一起时买的伞，如今我还在用，下雨的时候撑起来，就觉得心内饱满。

我二十一岁那年，你刚满二十岁，少女情怀，举手投足都是诗，让一整个城市都熠熠生辉。你的出现，让我的青春期空前繁忙，不用下课一人吃晚饭，不必深夜独自黯然神伤。

那些年，你给我当姐当妈，我为你做牛做马。

我关于姑娘的所有幻想，都在你那里得到验证。

每每出行，有你走在身边，我必趾高气扬，笑别人没有佳偶相伴。

我望着你，就望见了天下的名山胜水，坚信世上再没有人如你我一般登对。

曾以为，这样的时光永不会完结，即便电影散场，青春终章，我仍旧可以领你回家，见我爸妈。

然后花九块钱领证，买一栋房子，管它大小，只要足够放下一张床，能在下雨的夜里，承受彼此身体的重量。

我所有的梦想无非与你相爱相亲，南来北往，去你想去的每一个地方。

白天属于我和你，夜晚属于你和我。

我们用最古朴的姿势，生一双最乖萌的儿女。

然后他们长大，我们变老。

直至毕业，各奔前程，你去巴黎，我来上海，相隔千里，虽然可以Facetime，却不能肌肤相亲。睡前臂弯空空如也，醒来枕边并无爱人。

去年四月，你来信说分手，一字一句轻描淡写，可其中悲凉无奈之意，字字沁我心脾。

爱情，需要相濡以沫，经不起长久分别的消耗，你在我身上没有看到未来，是我不好。

分别之后，我写了许多长信，听了不少情歌，跑出去和陌生姑娘喝酒，回到家蒙头大睡，梦里，又回到二十一岁。

那一年，我刚刚遇见你，所有的故事还都没有开始……

而今，时间倏忽过去，天南地北双飞客，老翅几回寒暑。听闻你过得不错，我心甚安。

你一直信奉"人生需要折腾"，我也没有闲着，曾经我说要写好的故事，拍好的电影，不知你还记得否？

现下，一切顺利，键盘上敲下的故事，将要变成电影，我很想和你分享这一刻。

时过境迁，对你的爱意一天天减淡，我虽不愿意承认，但事实却是如此。

希望你也不要以我为念，在巴黎，年少如花，谋生谋爱。

你过得好，我才过得好。

爱到某一种状态，是互不依赖，各自生活。

我想，我们能够如此。

前路虽远，但我们一直在路上，前面会有更好的人等你，也会有更好的人等我。

你的婚礼，记得给我请柬，我来吻你的新郎。　🐾

摄/贺层染

❖ 征稿启事

一／文字类作品征稿

题材不设限，文笔不设限，我们唯一的要求就是——耐读、好看。

1.【原创小说】：以青春文学题材的小说为宜，也可以是玄幻、灵异、推理等非常规小说题材，内容无暴力色情描写，无政治、宗教倾向，篇幅在 2000 字～ 6000 字之间。

2.【散文、诗歌】：散文及随笔体裁，需偏向故事性散文，抒发内心感悟，深入浅出。内容无暴力色情描写，无政治、宗教倾向，篇幅在 1000 字～ 2000 字之间。需要提醒您的是，诗歌请不要超过 50 句。

二／图片类作品征稿

意在推介新锐艺术家和艺术作品，接受摄影、美术类投稿。

1.【摄影作品】：风景、人物、宠物或美食摄影皆可。原稿分辨率不低于300dpi，尺寸不低于杂志实际尺寸（单页 170cm×240cm，跨页 340cm×240cm）。

2.【美术作品】：原创漫画作品、原创水彩画作品或原创油画作品等皆可。篇幅、题材风格不限。

三／投稿方式

注意事项：投稿时请务必署明笔名，并留下自己的真实姓名、联系方式等。请勿一稿多投，两个月内没有收到答复可另行处理。如作者不授权将稿件用作网络、书面等任何形式的宣传内容，请在来稿时声明。任何来稿如无特别声明，均视作授权《酷读》将其使用于任何宣传用途。凡《酷读》转载的作品未能联系到原作者的，敬请作者见书后及时与我们联系。

投稿邮箱：tougao@cooldu.com

☆ 特别声明　由于条件所限，暂时不接受电子邮件以外的投稿形式，如有变更将另行通知。

若您的作品符合刊登标准，我们将与您进一步联络相关约稿事宜。

个人资料

姓名：   性别：   年龄：

联系电话：   QQ：

邮编：   通讯地址：

您的学历

□初中及以下   □高中   □中专/职高   □大专/本科   □研究生及以上

您的职业

□学生   □军人   □教师   □公务员   其他（烦请填写）_____

您的个人收入

□无收入   □1500元以下   □1501～3000元   □3001～6000元   □6001以上

调查内容：

1 - 您为什么喜欢本期《酷读》？

     □天下霸唱主编   □封面吸引人   □内容吸引人   其他_____

2 - 您对本期封面的感觉？

     □超级棒，非常新颖，很有冲击力   □还可以，比较新颖，也很吸引人   □不太好，我不喜欢   □其他（请说明）

3 - 您是否与人分享本期《酷读》？

     □一个人看   □3～5人   □6～10人   □11人以上

4 - 您阅读本期《酷读》所用时间？

     □一口气看完   □一天   □三天   □一周   □两周   □一个月

5 - 您阅读本期《酷读》的场所 _____

6 - 您对本期文章的看法：□ 超好看   □ 还不错   □ 一般   □ 不好看   □ 没看完

     （排上每期文章名以备读者选择）

     您最喜欢的三篇（1）_____ （2）_____ （3）_____

     您最不喜欢的三篇（1）_____ （2）_____ （3）_____

7 - 本期您最喜欢的作者是？

8 - 您对本期《酷读》的评价是？

     □ 非常满意   □ 满意   □ 一般   □ 不满意   □ 其他（请说明）

9 - 您对本期《酷读》的设计感觉如何？

     □ 非常满意   □ 满意   □ 一般   □ 不满意   □ 其他（请说明）

10 - 您想在本刊上看到哪些作者的作品？

11 - 您希望在本刊上看到哪些好玩的栏目？

12 - 您希望看到什么样的故事？

13 - 您希望在本刊上看到怎样的视觉效果？

14 - 除本刊外，您平时喜欢阅读哪些杂志或者书籍？

15 - 您认为本刊哪些有待改进？或者对本刊有哪些别的意见？（可附纸另写）

地址：北京市朝阳区望京西路48号金隅国际大厦C座3102室   木思璎（收）

邮编：100102

无论寄来怎样的反馈，我们都将每期抽取20名幸运读者，奉送编辑部签名样刊！特别鼓励支持团寄！

（当月团寄数量最多者另有惊喜！团寄数目≥10）

复印、扫描、手写，均可！！

图书在版编目（CIP）数据

　　酷读1501：谢谢你曾来过我的青春/天下霸唱主编． — 北京：北京联合出版公司，2015.1
　　ISBN 978-7-5502-4586-0

Ⅰ．①酷… Ⅱ．①天… Ⅲ．①散文集－中国－当代Ⅳ．①I267

中国版本图书馆CIP数据核字(2015)第011740号

酷读1501

谢谢你曾来过我的青春

出版统筹：新华先锋

责任编辑：宋延涛　徐秀琴

封面设计：孙丽莉

版式设计：杨祎妹

北京联合出版公司出版

（北京市西城区德外大街83号楼9层　100088）

北京联兴盛业印刷股份有限公司印刷　新华书店经销

字数71千字　787毫米×1092毫米　1/16　10印张

2015年1月第1版　2015年1月第1次印刷

ISBN 978-7-5502-4586-0

定价：29.80元